Helen Vendler

H e l e n   V e n d l e r

Invisible Listeners

Lyric Intimacy in Herbert，Whitman，and Ashbery

看不见 的 倾听者

抒情的亲密感之赫伯特、惠特曼、阿什伯利

（美）海伦·文德勒 著
周星月 王 敖 译

广西师范大学出版社
·桂林·

著作权合同登记号桂图登字:20-2018-142号

图书在版编目(CIP)数据

看不见的倾听者:抒情的亲密感之赫伯特、惠特曼、阿什伯利/(美)海伦·文德勒著;周星月,王敖译.—桂林:广西师范大学出版社,2019.9
(文学纪念碑)
ISBN 978-7-5598-1642-9

Ⅰ.①看… Ⅱ.①海… ②周… ③王… Ⅲ.①诗歌研究-英国 ②诗歌研究-美国 Ⅳ.①I561.072 ②I712.072

中国版本图书馆CIP数据核字(2019)第038230号

出 品 人:刘广汉　　策　　划:魏　东
责任编辑:魏　东　　装帧设计:赵　瑾

广西师范大学出版社出版发行
(广西桂林市五里店路9号　　邮政编码:541004
网址:http://www.bbtpress.com)
出版人:张艺兵
全国新华书店经销
销售热线:021-65200318　021-31260822-898
山东临沂新华印刷物流集团有限责任公司印刷
(临沂高新技术产业开发区新华路1号　邮政编码:276017)
开本:787mm×1 092mm　1/32
印张:7.25　插页:1　字数:120千字
2019年9月第1版　2019年9月第1次印刷
定价:48.00元

给基里安和席琳

For Killian and Céline

在我们容许的事物之内，

在现实、温暖、临近的事物之内，

一个结合如此伟大，是天赐之福，

系我们于我们所爱。

华莱士·史蒂文斯，《恶之美学》

Within what we permit,
Within the actual, the warm, the near,
So great a unity, that it is bliss,
Ties us to those we love.

WALLACE STEVENS, "Esthétique du Mal"

问：你为谁而创作？

答：你知道斯特拉文斯基对此怎么说吗？[罗伯特·克拉夫特]问了斯特拉文斯基同样的问题，他说"为我自己和可能存在的另一个自我。"

《布罗茨基谈话录》，辛西娅·L.黑文[编]

Q. Whom do you write for?

A. You know what Stravinsky said to that? [Robert Craft] puts the same question to Stravinsky and he says "for myself and the probable alter ego."

Conversations with Joseph Brodsky, ed. Cynthia L. Haven

译 序

可你知晓究竟有谁
能描述确切的感受
和一片领域的向度，那般
使你希望你在其中，更或
使你意识到，你实际就在其中

阿什伯利，《连祷文》

在长诗《连祷文》（或《长叨文》；“Litany”）中，阿什伯利思虑着如今诗歌与艺术评论价值的式微，认为少数伟大的评论家同伟大的诗人一样，能将读者（包括诗人自己)引至近乎真实的意义之境,使我们欣喜于我们的生活。这同于史蒂文斯的想法:“艺术家的作用,简言之,是支持人们生活。”[1]在这个意义瓦解、现象纷繁、极少人在意严肃评论的时代,海伦·文德勒不仅是最接近阿什伯利理想的诗歌评论家,也是极少数能使我们——大众读者——想起为何仍要阅读诗歌评论的人。

文德勒应当熟知这一描述。《如我们所知》(*As We Know*,包括其中这首过长的诗)是文德勒诗评中高频引用和她一再阅读的诗集,《连祷文》中评论与诗歌共生的觉悟也是《评论的作用》[2]一文中反复引述的参照。诗人关于评论家的诗,此处的“你”和“谁”,在诗歌评论家眼中或许如同一个双重镜像。而文德勒能最敏锐地辨识出阿什伯利如何运用人称代词来不断地搭建新

---

① Wallace Stevens, “The Noble Rider and the Sound of Words,” *The Necessary Angel: Essays on Reality and the Imagination*, New York: Vintage Books, 1942, p. 29.

② Helen Vendler, “The Function of Criticism,” *The Music of What Happens: Poems, Poets, Critics*, Cambridge, MA & London: Harvard University Press, 1988, pp. 9-21.

的诗歌与读者的关系,如何使读者置身其中。

从不同的访谈中,文德勒也勾绘出她在写作时想象的读者。一面是离世或在世的所论诗人,他/她是否会为此感到被理解?一面是可能尚未熟悉诗人和诗歌行话的普通读者,他/她是否可以由此进入、理解诗歌的世界?他们的在场形成了文德勒诗评的清晰、明辨、细致、耐心。她亦清楚赋予事物结构和线索的价值,视之为得益于大学受过的科学训练。而这一切之中没有自我彰显。她研究单个诗人的学术专著关注诗歌的语言、形式和技艺,诗人的成熟与转变及其在世界中的自我之思,面对诗人批评传统一直保持独立的声音,也不为"更高"的理论化冲动、"更广"的社会联系或"更深"的智性游戏所扰。这一专注在社会和理论导向的美国学界有时被人看作"较窄",即便仅是她以专著论述的诗人范围就从莎士比亚、赫伯特,到济慈、狄金森,到叶芝、史蒂文斯、希尼,背后是她广博的阅读和已内化于心的诗歌经验。她的每本专著在成为诗人研究绕不开的角度时,也因其精准的品质和文字常常成为首先推荐给初学者的读物。文德勒同样看重文学书评这一常常被学者轻视的文体，将其视作一个严肃的思想场域，而这必须考虑到广泛而多样的读者，从而打开囿于学院派的写作。从二十世纪七十年代便开始持续为《纽约时报书评》《纽约书评》《纽约客》《新共和》等主流报刊撰写新诗集书评，文德勒同样可以不受扰于同代诗人关系网络而作出自己专业且有态度的评价。很大程度上，通过这些书评，甚至包括其不时引发的重要诗歌争议，文德勒深刻地塑造了美国当代诗歌。2009 年，《被理解的事物：给海伦·文德勒的诗文》（*Something Understood*）结集了以阿什伯利、希尼为代表的一批出众的诗人、学者和评论者致敬文德勒的创作，如一份来自作者（读者）回应的礼物。读懂是相互的，文德勒的诗歌世界在她的时代，或我们的时代，都是一份如此需要如此慰藉的理解。

文德勒更认同，分别学者研究领域的是文学类型，而非历史年代。即便如今大学体系多以年代划分学者，会读诗的学者，无论属于文艺复兴还是启蒙时代，都可以很快地认出彼此。除了单个诗人专著和评论集，她还有一系列打破时代和传统谱系的著作，每本小书以一个主题串联起几位背景各异的诗人，既以一个角度进入他们各自的特征，又使他们在共通主题中相互映照，独到而完善地处理一个关键的诗歌主题。《看不见的倾听者》即属此列。这系列著作全都源于文德勒受邀在英美大学校园或公共图书馆所作的公开系列讲座，最初的听众即是公众，常以大学生为主体，而不是学者或文学专业生。正是在这样最直接地面对听者的情形下，文德勒最初讲述了看不见的倾听者，选择了三个即使身处同一时空也似乎很难生出私人火花的诗人：赫伯特、惠特曼、阿什伯利，在各自的孤独中与一个假想的倾听者建立起亲密的乌托邦。[①] 对于这一属于抒情诗的力量、可能性及其三种形态，文德勒给出了清晰自足的引言和结语，在此我们无须赘述。

赫伯特可能是三位中唯一需要背景简述的诗人，也可能是文德勒最感到与之有隐秘亲近的诗人。在学

① 作为2004年普林斯顿大学的法纳姆公开系列讲座之一，原讲座的三个子题定义出三种亲密关系：赫伯特与“更好的自己”，惠特曼与“渴望的伙伴”，阿什伯利与“消失的双生抽象”。

者生涯早期，第一本基于博士论文的《叶芝的幻象及其后期戏剧》出版后，文德勒就一直在准备写作关于赫伯特的专著，尽管《展开翅翼：华莱士·史蒂文斯的长诗》随后得以先一步推出。《乔治·赫伯特的诗歌》最终于 1975 年出版，也是文德勒首次从现代诗歌跳跃到了十七世纪研究。赫伯特虽然从十九世纪起被重新发现，得到艾略特的推崇，是奥登最希望认识的英语诗人，对毕肖普影响深刻，却也时常被掩盖在“多恩派诗人”（玄学派诗人）标签下，被认为在大诗人中“较小”，音域“较窄”。他宗教诗人的身份可能会令非基督徒的读者却步，宗教主题也常使研究者感到无法回避；他丰富的格律和形式尝试尽管超前于二十世纪的各类语言实验诗派，实则在背后的语言观、美学和社会情境中难以吻合先锋派；他的语言亲切而多变，简单而细腻，却也容易被作平白的读解。文德勒的阅读暂把宗教性拨至一边，带领无神论的读者进入赫伯特的心灵经验，揭示看似简单直白的语言之下的微妙情绪和诗人动人的品性，分析赫伯特如何不动声色地转化传统诗歌题材而重造极富独创性的意义，字词、韵律和形式如何参与其中。文德勒毫不犹豫地将赫伯特视为一位英语语言的大师,将伦勃朗比作画家中的莎士比亚,而“完美”的维米尔就是赫伯特。在《看不见的倾听者》中,我们仍能窥见这些特征,在韵律、形式与意义带着神性的完美结合下,每个词所携带的感性存在感和它们之间的亲密磁性,而神是一位平等的朋友,一位更好的自己。文德勒批评手法中对语言和结构的相近态度使这里的评论与诗歌高度契合。在更个人的层面,成长于严格的天主教环境,文德勒经由对其的反叛而进入诗歌。懂得赫伯特诗中的虔信,她也更会捕捉其中超脱于宗教框架的人性经验。文德勒对赫伯特的钟爱常常溢于言表,他迷人,纯粹,欣喜。在最近一本主题著作《最后之视,最后之书》(*Last Looks, Last Books*)中,赫伯特的《美德》(“Virtue”)成为这本以诗人面对死亡前最后的诗集为主题的引言。当被问到她的时刻到来那天,圣彼得让她读一首诗才能进入天堂,她会读什么时,赫伯特的《爱(III)》是首先想到的答案。赫伯特的温暖能够化解冰冷,而生命面对死亡时的诗行来自深处的亲密。

惠特曼对未来的同伴和阿什伯利对帕米贾尼诺这

两种抒情呼语形式中，渴求和对话的对象既都是镜中理想的另一自我，又都带有作者与读者的关系原型（可衍生为诗人/艺术家与读者/观者/评论者）。他们恰好形成反向的对应，面向未来与回望过去，向外发散与向心凝聚，其间生成各种不可能的观看、注视或对视。惠特曼不断呼唤读者去各处找寻自己，通过读者的目光回视自我，以交互的相同表述形成镜像，"他是否在我身上看到了自己的影子?"（《时刻持续漫长》），"其他向后回看我的人，因为我曾向前看过他们"（《过布鲁克林渡口》）。作为导游，惠特曼邀请读者进入他的颅内画廊，指给他们自己大脑中收藏的世上所有的场景和自我画像。（《我的画廊》）面对帕米贾尼诺的《凸镜中的自画像》，阿什伯利从"望远镜倒过来的一端"看进去，也把自己送进去，似身处弗朗切斯科的"气泡-房间"之中，与他说话，又在腾挪跳脱的思绪和意象中试图理解他（双重的他）身处的生活本身的球体，同样无法逃离。惠特曼以他的诗歌与在未来的同伴互相寻找，似乎就要在一起。（《此刻充满生气》）阿什伯利会希望交流却又写下，"你错过了它，它也错过了你。你们互相错过”。(《悖论和矛盾修辞》)在惠特曼与未来伙伴最近乎真切地面对面的一刻,相遇只一幕之隔,“谁能知道,纵有这所有距离,此刻我几乎正看着你,纵然你看不见我?”(《过布鲁克林渡口》)在与凸面上的双生自我对视时,阿什伯利会从镜像投射中惊醒,如一个发现被剥夺了映像的镜前人,“这个影像并不是你的”。与此同时,《凸镜中的自画像》可视为阿什伯利作为诗人和艺术评论家的双重写作,而他对这一写作的自我评论又一次以诗句的形式显现在此后的《连祷文》中。在这里,带着对最好的读者、同伴、自我的渴望和不可求,评论家成为诗人直觉的双生:“新评论……是我们:折映/是数我们自己的肋骨,像那喀索斯/生来眼盲,仍旧莫名缘由地/每天出没在覆藻的湖边。”

在渴望被理解,渴望自我理解中,我们看到孤独感和亲密感的相生相成。这与文德勒在本书中一直强调的抒情诗的伦理相连。孤独的、耽于自我的、不写作社会议题的一个抒情个体、一首诗或一件艺术作品,究竟对我们的伦理生活有何贡献?在本书的章节中,文德勒将会展现给我们,抒情诗这一被认为缺乏伦理讨论的场域如何蕴含了丰富的乃至最基础的伦理信息和意义,赫伯特、惠特曼、阿什伯利三位诗人如何重构了有社会意义的伦理关系并影响我们。不仅诗人的孤独感常常源于对一个比他的时代的道德和美学环境所能提供的更好的关系和状态的向往,抒情诗更是一个不受过多现实约束,搭建理想伦理剧场的空间,尤其在虚构和微观的层面。在与看不见的倾听者的亲密中,无论建立在智性、情感,还是身体上、个体间的关系——伦理的基础——可能被重新描绘和定义。这一在社会框架下独立和独创的个体对自由和亲密的追求本身就应被纳入伦理考量。而通过寻找和遇见读者,诗人的抒情乌托邦可能进入更广的话语,重新描绘和定义社会伦理的可能性。另一方面,我们(读者)遭遇一首诗、一件艺术作品时所引发的感受有什么意义?我们从中感到的安慰、友爱、理解,看到的一个更清晰的自我的可能性,可以如何从个体微小的层面映照和改变社会环境?文德勒在本书中所处理的问题,和其中有关对话、观看、亲密关系等常进入伦理和理论讨论的主题的独特探索,所具有的理论意义和可能性并不亚于其他理论化的著作，但文德勒只是直入诗歌讨论，没有更多地作文本之外的理论联系。她的评论/研究态度与她关于抒情诗的伦理意义一致。在读解抒情诗里如何潜藏着被社会导向的研究所忽视的伦理意义时，她也在隐秘地表达，她在她的时代的学术环境下所坚守的专注于诗人与诗歌的伦理。[①]

从赫伯特完美的韵律形式，到惠特曼海浪般拍打的诗行，到阿什伯利变换游走的拒绝形式安慰的长诗，我们还能看到人性与神性的平等，民主的包罗万象，语汇的兼纳，语气的多样与亲近。这些亦都属于诗人的伦理的一部分，也为文德勒所捕捉。在种种交流的动机下，这本小书的中文译本也得以成形，因为我们相信诗歌评论不只是专业研究的读本，或只在诗歌内部有

---

① 阅读文德勒并不需要了解她的生平经历或政治倾向，她也不会在文中传达这些个人态度。而在最近的评论集《大海、飞鸟与学者》(*The Ocean, the Bird, and the Scholar: Essays on Poets and Poetry*, 2015；中译本也即将由广西师范大学出版社推出)中，文德勒罕见地写下了一篇自我经历的前言，或许是唯一一次和最后一次。有意的读者会从中体会到她的个人立场。译序中的叙述还参考了文德勒在《巴黎评论》《波士顿环球报》以及 *Juked*(期刊)等处的访谈。

意义。我们也想象看不见的读者,你,跟着最细心明睿的理解去进入三位最具开创意义的诗人,将在对语言和诗句的感知中体验到更大的伦理思想和更隐秘的心灵联结。通过文德勒,读诗的艺术和价值将继续被探索。在此,我们提供的所引诗歌的中译主要服务于原文的文本分析。尤其对诗歌的形式和韵律参与创造意义的赫伯特,中译在平衡取舍下的尝试选择"忠于"原诗的整体形式和超越具体字词的意图和语气,谨以提供一个版本,供读者更好地赏析原诗,也供在诗歌翻译上可能的探讨。结语中,文德勒用 domesticating 来描述诗人如何用语言赋形给尚未成形的事物、关系、意义,将混沌陌生之物转化为我们可感可知的。这是文德勒喜欢的一个词,在使用时带着温柔,中文尝试译为"亲悉化"。与伦理母题相连,它也是文德勒的理解。

本书第三章"约翰·阿什伯利和过去的艺术家"由王敖翻译,其余部分由周星月翻译。

目 录

致 谢

我很感谢普林斯顿大学出版社邀请我做法纳姆系列讲座（Farnum Lectures），这本小书由此成形；感谢出版社的两位编辑，玛丽·穆雷尔（Mary Murrell）从本书的起初开始负责，汉尼·文娜斯基（Hanne Winarsky）将它带至完结。出版社和英文系的热情好客使我在普林斯顿的访问非常愉快。我要感谢手稿的几位匿名读者，他们提出的重要问题影响了最终呈现的章节。几十年前，当我流露出对阿什伯利的些许怀疑时，是诗人艾伦·威廉姆森（Alan Williamson）让我当场坐下来读《溜冰的人们》（“The Skaters”）。没有那次及时的干预，可能就不会有我后来关于阿什伯利的评论，包括这里的这章。我对我的助手阿莉西亚·佩拉尔塔（Alicia Peralta）报以谢意，她将我的手稿转为出版的格式，也细致地协助了我在图书馆的研究。最后，一如既往地，我对那些曾教导过我的人满怀感激。无论是当面还是通过他们的书籍，对这里所讨论的几位诗人，他们教我成为一个更好的读者：他们包括已故的埃尔丝·邓肯-琼斯（Elsie Duncan-Jones），温·托马斯（Wynn Thomas），邦尼·科斯特罗（Bonnie Costello）和约翰·夏普托（John Shoptaw）。我满怀爱意将这本书献给我亲爱的孙子和孙女，希望等他们长大以后，能在其中找到我的声音。

引言　看不见的倾听者

本书的篇章将探究一种奇异的行为，某些诗人将 1
他们的诗全部或部分地言说给他们既不认识也无法用眼睛看到的人，他们看不见的倾听者。乔治·赫伯特（1593－1633）对上帝说；沃尔特·惠特曼（1819－1892）对未来的读者；约翰·阿什伯利（1927－2017）对一位过去的画家。我们该怎么看待这样的交谈对象的选择？有许多看得见的听众可选——爱人、恩主、孩子、朋友——为什么诗人感到非得与一位看不见的他者对话？与那样一位不存在的存在说话，带有何种伦理意味？要思考这一选择，我们须先来看抒情诗中更为常见的诉说对象类型。

在通常的形式中，抒情诗展现给我们一个单独的声音，它独自记下、分析、构划、改变自己的思绪。虽然实际并无另外的人在场，独处的诗人时常是在诉与他人，不在房间的他人。顿呼（apostrophe）——字面上表示转离自己的诗节（strophe）而呼唤另外的人①——甚至被称为抒情诗的本质（虽然也有很多内心孤独思索的抒情诗并不诉与他人；那样的诗，阿诺德悖论地形容为“心灵与自身的对谈”）。一类可能在诗里缺席的言诉对象是虚构的说话者认识的一个人——一位情人，一位资助人，一位家人。莎士比亚十四行诗的说话者可能说与朋友或情妇，多恩可能说与他的资助人，本·琼生说与他死去的孩子。这类与人的对话可被称为
2 “平向”：尽管诗人可能用一种正式的尊敬语气（在资助人的情形）或一种爱慕的温情口吻（在情人的情形），说话对象毕竟只是另一个人。但还有一类“纵向”的对话：在这种情境中，说话者的呼唤朝向一个在构想中存

---

① Apostrophe 一词源自古希腊语的“转离”：*apostreipheinn*（αποστρέφειν）。前词缀 *apo*-意为“离开”；*strephein* 原意为“转向”，同时为英文 strophe（诗节）的词源。作为修辞，顿呼表示演说者在演说中途突然转向呼唤一位特定的对象（可在场或不在场，具体或抽象），常伴随感叹。（此为译注，后同，不另标出）

在于其“之上”的、肉身无法企及之境的人或物。这个位于上方的对象可以是一个(基督教的或古典的)神,或一只夜莺,或一个希腊古瓮,可以位于天堂,在帕纳斯山上,或在一个融合了真理与美的柏拉图层面。在纵向的呼语中,说话者的语气超出了对世俗的恩人表示的尊敬或对所爱之人流露的仰慕,显示出一种适于对神言诉的谦卑。

许多诗人都提及过缺乏满意的人际交往时所体验到的孤独感。艾米莉·狄金森说:“这是我的信,给那/从未写信给我的世界。”表达丰富的诗人与冷淡的听众之间痛苦的不对等迫使她不断地写信给沉默的世界。因皈依罗马天主教而与家人和同学疏远后,霍普金斯问:“你在哪里,我永不会见的朋友?”他为这永不可见的朋友想象了两个地方。也许他只是在同代世界的另一个地方——“在这个时代离散出我的视域”——但更可能是,鉴于霍普金斯不因循传统的性格和诗歌,这位朋友仍是那“将临时代的遥远承诺”:

你在哪里,我永不会见的朋友,

想象你，我只能想象得谬误？
或在这个时代离散出我的视域
或是那将临时代的遥远承诺；
你能最好地将这确定之事接受，
在我的幸福中含有你的比率，
3 你喜欢我身上的此处，或彼处，——
啊！甚至为这丝请求的微弱
伴在我的请求中，——如果神
亲切请求的声音还未打动你，——
也为那些美德，我发现于你身，
说要是我知道，我已应许你，——
为这些，使所有美德丰硕繁盛，——
不，为基督，先见你和爱你。[1]

Where art thou friend, whom I shall never see,
Conceiving whom I must conceive amiss?
Or sunder'd from my sight in the age that is
Or far-off promise of a time to be;
Thou who canst best accept the certainty

That thou hadst borne proportion in my bliss,
That likest in me either that or this,—
Oh! even for the weakness of the plea
That I have taken to plead with,— if the sound
Of God's dear pleadings have as yet not moved thee,—
And for those virtues I in thee have found,
Who say that had I known I had approved thee,—
For these, make all the virtues to abound,—
No, but for Christ who hath foreknown and loved thee.

虽然霍普金斯看不见的朋友更可能活在未来——"将临时代"——而不是现在,诗人对他的口吻带着哀婉的此刻的亲密感,自信这位友人会喜欢自己的这个或那个特征。[①] 同时,霍普金斯知道,建立在一个推定

① 对此诗中的朋友,结合霍普金斯生平的评论(文德勒常对这类批评方式持保留态度)有另一种读解,认为与英年早逝的诗人道尔本(Digby Mackworth Dolben, 1848 - 1867)相关。霍普金斯曾与其在牛津有一面之缘,后有通信,为之着迷,也希望将其引向上帝。此诗创作于道尔本溺死不久之后。

的亲密关系上,在看似无法逾越的时间鸿沟之上,推崇宗教皈依这一“请求的微弱”。此刻的极度渴求将对亲密关系的欲望向前投射,想象了一个社群,能产生会在诗人的幸福中占有一席之地的同伴。

在这些段落里,狄金森和霍普金斯将对一位相识的人的惯常亲密交谈转换为一种罕见的形式——对一位未知的人的亲密交谈。所有的抒情顿呼,无论平向还是纵向,都赋予我们各种语气,通过语气来比拟地展现我们在生活中所知的各类关系。抒情诗可以复制父母的温柔,情人的嫉妒,朋友的关怀,罪人的谦卑。这些诗歌揭示说话者身卷其中的社会关系,诗本身也常常内嵌了各种机构化的社会规范,如家庭、教会或宫廷之爱。可是,如果诗人不想**表达**这样的关系,而是要**重新定义**它们,应该怎么办呢? 比如,渴望一个比教会所
4 提供的更亲密的与神的联系;或试图塑造一种尚未被社会认可的男性之间的情爱关系;或寻求一种在当代艺术家中不合时宜却显现在过去的审美认同? 当亲密关系的对象永远不会被人看见或知晓,却能被人唤出时,抒情诗内在而基本的创造亲密感的能力也许最为

惊人。在这样的情形,未见的对方成为未见的倾听者,锚泊住诗人即将流入虚空的声音。

在此,我将考虑三位诗人的作品里创造出的与不可见者的亲密。乔治·赫伯特在传统的祷告中没有找到可以充分表达自己与神的关系的言词,便创造了一群新的语气和结构来与一位神交谈,祂有时似处于诗人之上的人类思想无法抵及的地方,但更经常是(平向地)栖居在诗人的房间里,在诗人的内心里,乃至超凡地在诗歌本身中。沃尔特·惠特曼在传统的社会交往或在他所知的诗歌中没有找到渴望的与男性的亲密关系,便创造了一个看不见的未来的读者同伴,有些像霍普金斯想象的朋友。在霍普金斯那里,这位朋友只出现了一次,而在惠特曼那里,理想的交谈者在前三版《草叶集》中一直被呼唤,创造并维持的亲密感也从当下的愿望愈加投射进未来的梦想。在《凸镜中的自画像》里,约翰·阿什伯利没有在自己的时代找到一位艺术家同行来分享他对部分曲变的形象的审美,便与十六世纪矫饰主义画家弗朗切斯科·帕米贾尼诺交谈,不把他当一位逝者而是一位正在倾听的活人。幻想着在寻常现状里不可得的新的人际关系，诗人暗怀了一个乌托邦，其中此般的亲近是已知的、可得的——这里罪人会找到从未预见的亲密语气来面对一位慈爱的救主，社会将允许男性间爱意的公开表达，艺术家——不再感到必须只符合一个具象或抽象的流派——会认识到所有艺术都把现实转化为美学上的抽象和变形。

一个诗人如何用语言和形式将看不见的对话者和他与对话者的关系变得真实，或者说，“亲密效果”如何跃然纸上？[2]如我所说，这种亲密感的产生源于一种深层的孤独，迫使作者召唤出在现实生活中无法拥有的倾听者。不过，当下社会中的事物一定有参与创造诗句中理想听者的形象。诗人可能会为期望中的听者寻找文本证据（赫伯特这般在圣经中搜寻一位亲切而不疏离的上帝的迹象）；又或，诗人可能会在纸上稳定并延长在现实生活中稍纵即逝的爱情（惠特曼那在未来的读者满足了在他的生活中总太短暂的情爱关系）。当目前生活中没有任何诗人渴望的亲密联系的迹象时，便可能在对现状的反抗中唤起浮想中的新对话者：阿什伯利，一位二十世纪的艺术家，在创作《自画像》的时候无法在他的同代人中找到投缘的审美，从而（带着惊讶、欣慰和欢喜）发现了一位过去的画家，跟他自己一样展现出一种中和的创作手法——部分写实，部分抽象地扭曲。

虽然抒情诗里的说话者通常孤身一人，这种孤独
并不意味着他没有交往的环境，而只表示他目前展现
的交往状况反映在孤独中，不是体现在与他人的“现
场”互动，而是指涉在字词和智识中。抒情者必要的孤
独使得偏向社会批评的评论家判断，抒情诗缺乏他们
感兴趣的信息：阶级冲突，家庭和政治对性的干涉，社 6
群的构造。照这个观点，一旦说话者独自在房间内，就
不会发生任何有意思的互动，任何有社会价值的话题
也无法被表述。[3]

在创造了自我与他人的弹性空间的语言中，当然是诗人说话者自己的道德选择得以表述。每一次想象与神的相遇，赫伯特就选择了他所期盼的上帝；那个出现在眼前的神的品质，乃从赫伯特自己最好的伦理而推得。当诗人提出一个不妥的道德准则时（上帝应该为牧师找合适的“工作”，或灵魂的“尘与罪”要受应得

的惩罚)，赫伯特的上帝会想办法把错误的准则温和而坚决地置于一边。每一次构想期盼的同伴，惠特曼同样创造了一种伦理：他的伦理不仅认可已有的民主原则(自由，平等，博爱)，而且通过语气和隐喻将它们扩展到意料之外的领域——想象着选择爱人性别的自由，或是他与神的平等，或是他与“普通妓女”的友爱。

在下面的章节中，我会较少地谈论赫伯特和惠特曼的伦理维度，因为他们常常直言不讳自己的道德立场。阿什伯利通常不会被当作一个有道德考量的诗人，却在他所操控的变化多端的语调中，成功地显示了一整套伦理关系，从敌意到不屑，从爱慕到自否。在形式之外还有一个虚构领域，在那里，在阿什伯利创造与一位过去艺术家的一段关系时，我们在动人的描绘中看到具体化的嫉妒、爱、野心、恐惧甚至敌意这些特质，刺激着诗人同他的前辈之间的关系。在跨越好几个世纪的美学联系的诗里，阿什伯利的阐述与其衍生自的
7 帕米贾尼诺的画一样孤独而醇厚：这两幅自画像中的任一幅，都在另一幅的呼应里获得新生。

对文学的伦理意义的考量通常基于个案史，来自

希腊悲剧或复杂小说那样更社会性的文本。抒情诗则较少地靠叙述行动中的人物来传达伦理意义，而更靠可信的语气，诗人勾划和描摹他幻想的情感时所创造和使用的语气（可以是任何类型——恳切的，或凶悍的，或令人反感的）。在诗歌设计与另一个人的关系网时（或与一个想象中可与之交流的事物——一个瓮或一只夜莺），它所抛出的细丝（用惠特曼的隐喻）搭住隐逸在所有诗歌呼语里的“某处”（或某人）。[4]召唤出的语气不仅刻画了说话者，还刻画了他与倾听者的关系，于纸上创造出他们之间联系的性质。

茱莉亚·克里斯蒂娃将亲密性比作心理分析时的谈话[5]，但抒情诗人向外交谈的言词审慎不适用于分析对象或分析师的情境。诗人“写下的演说”[6]必须服从（而对分析师说的话不会）结构和形式诗学的规律。而这些规律，因为承袭自过去，与诗人意图重塑的伦理构想便可能出现矛盾或含混。只要每种二人关系都涉及（正义、尊敬、互惠、同情等）伦理维度，那么同样地，每次以诗歌表现两个人的关联也是。这种伦理维度在小说家或戏剧家那里，甚至在对他人交谈的诗人那里，都不言自明，却在看不见的倾听者的诗歌里更具挑战性。语言亲密模式的呈现——抒情诗最大的力量之一——可否被视为一种严肃道德活动的形式？

8 我研究诗人想象的与一个看不见的倾听者的奇特关系——无论是因为他是神圣的，还是因为他只存在于未来，还是因为他早已去世——如何可以在心理上可信，情感上动人，美学上有力。但这不仅是诗人对内心中的一场关系的中立描写：他的目的是在读者的想象中建立一种更值得赞赏的伦理关系，一种比目前世上存在的更令人向往的伦理关系。这是这些诗人的乌托邦意志，欲望要召唤出一个尚未在生活中实现的——但设想可以实现的——可能性的形象。这种可能性跃然纸上，带着从生命中最亲密时刻所携来的温柔、奇迹和信心。与不见者的亲密是与希望的亲密。阅读这些诗歌时，我们在构想一种比我们迄今所知的（宗教的、性的或美学的）更好的亲密上更进了一步。

注释

81 ［1］第13首诗，*The Poetical Works of Gerard Manley Hopkins*.

ed. Norman H. MacKenzie (Oxford: The Clarendon Press, 1990), 73.

[2] 在此处和其他地方,我使用男性代词指代诗人和说话者,因为我的三个例子都是男性。当然,也有许多女诗人,如艾米莉·勃朗特(Emily Brontë),也曾说与看不见的听者。

[3] 某些评论家抨击过抒情诗体裁注定的孤独。男性十四行诗诗人被指出“沉默”了他们与之对话的女性,没有给她回答的空间(虽然这指责从未针对过从玛丽·罗思〔Mary Wroth〕到伊丽莎白·巴雷特·勃朗宁〔Elizabeth Barrett Browning〕等女性十四行诗诗人的相似做法)。诗人马克·哈利德(Mark Halliday)(谈及华莱士·史蒂文斯时)批评了抒情诗被认定的缺乏社会指涉,随后又将史蒂文斯与阿蒙斯(A. R. Ammons)和阿什伯利联系起来。他断言,阿什伯利仅仅提供了“从意义的释放”:

> 我认为,从2040年的角度看,阿什伯利会是一件奇品,一件惊人地多产的奇品。2040年的聪明人会感到甜美地难解,上世纪八十年代和九十年代的聪明人如此认真地对待阿什伯利。他的作品少尝则美妙,是一种从意义的释放,给我们一个游乐场,让我们一时间感到可以只靠意义的片光零羽生存。[“Walking and Talking: An Interview with Mark

Halliday by Matthew Cooperman," in *The Writer's Chronicle* 34 (February 2002): 56-63, 61.]

[4] 惠特曼,《一只无声忍耐的蜘蛛》("A Noiseless Patient Spider"):"直到你抛出的蛛丝搭住某处,啊,我的灵魂。"

[5] Julia Kristeva, *Intimate Revolt: The Powers and Limits of Psychoanalysis*, 2 vols., tr. Jeanine Herman (New York:
82 Columbia University Press, 2002), vol 2. "设想想象给出了最直接,最微妙,也最危险的亲密途径……想象在由幻想引入时,既非真实也非象征,带着它全部的逻辑和风险出现。"(63) 克里斯蒂娃随后对翻译的评论同样适用于诗人试图构想亲密关系的新可能性:当下生活的社会性质必然内嵌于对新生活的构想。

> 新语言,清醒而热烈的爱的对象,是重生的托辞:新身份,新希望。译者希求完全同化它,同时多少无意识地吹入他的母语的古老节奏和本能成分……从这个缺口开始,旧的和新的,原家庭和新群体,都显得既亲爱又成疑:一种无可慰藉的怀疑,永不熄灭的焦虑。(241)

[6] 这个表述来自叶芝的《一幢被地震撼动的房屋》("Upon a House shaken by the Land Agitation"),其中他说起"渐渐时间最后的馈赠,一段写下的演说/锻造自高声的笑,美好,闲悠"。

一　乔治·赫伯特和上帝

乔治·赫伯特

在此，我想描述乔治·赫伯特的惊人成就，他重 9
塑了传统中向上方对上帝的呼唤，直至近乎密友般的平向交谈。尽管这一独创的直觉一直为诗人所向往，却并非在赫伯特的写作中立即得以实现。在如何怀想神并与之对话上，赫伯特沿承了两个主要源头：圣经和祷文。[1]他在《旧约》和《新约》中发现了与神亲密的轶事：曾有一刻，诗人怀旧地回忆，上帝与他的子民熟悉到不得不恳求摩西且由着他（《出埃及记》32:9-14）：

那甜蜜的时日，你与罗得同憩，
与雅各搏斗，与基甸同坐，
告诫亚伯拉罕，当你的能力

无法招架摩西的怨叹絮聒：
　　　　你那时的话是，且由着我。

人们要找你，一下就能找到你
在橡树，或灌木，或井边，或穴洞：
我的神也这样吗？不，他们答以：
他去了西奈，从我们的听闻中：
　　　　听，你能听见伟大亚伦之钟。

《衰败》[2]

Sweet were the dayes, when thou didst lodge with Lot,
Struggle with Jacob, sit with Gideon,
Advise with Abraham, when thy power could not
Encounter Moses' strong complaints and mone:
　　　　Thy words were then, *Let me alone*.

One might have sought and found thee presently
At some fair oak, or bush, or cave, or well:
Is my God this way? No, they would reply:
He is to Sinai gone, as we heard tell:

List, ye may hear great Aarons bell.

"Decay" [99]

在这里的表述中，是时间上的迟至把赫伯特分离出了与神的熟识。虽然上帝仍住在人们心中，赫伯特说， 10
祂[①]现在被罪恶和撒旦挤压围困，祂的爱已经封闭，并持续退让。只有在最后审判时，祂的爱才会又一次展现出强大的炙热，"并召唤**正义**，万物燃烧"。如今我们已不再生活在族长时代(Patriarchal age)，失去了亲密和完整的温暖；而上帝最终的愤怒在此时比他的爱更突显。这里，与上帝的亲密被寻求，而未找到。[②]

---

① 文中出现的"祂"或"祢"仅对应原文中明确用大写的神且表神圣之意时。更多时候，诗歌里的人神形象更暧昧，因此也更亲近。在对"God"一词的翻译中，将根据语境中的亲密程度来选择更亲切的"神"或更遥远的"上帝"。

② 文德勒引出了《衰败》的前两节而概括了这首诗的后两节：

而如今你把自己囚禁，关闭
在一颗虚弱的心之一隅：
那里罪恶和撒旦，你的老仇敌，
挤压围困你，施展诡术

（转下页）

在其他的诗里，将赫伯特与神的亲密分离开来的不是时间，而是空间——一个也许只能暂时连通的纵向空间。赫伯特在两首诗中（一首拉丁文，一首英文）想象，通向天堂的桥可能由阳光织成。在他为母亲去世（1627 年）所作的十九首诗中的第三首里，他先是想象太阳可以让居住在天堂的母亲从一束光线再次降到

（接上页）来攫取你小小的容身之处。

我看见世界变老，你炙热
的大爱，一度蔓延萦绕，
关自己在瓮中，仍退让着，
冰冷的罪恶仍在逼迫，直到
它归来并召唤正义，万物燃烧。

But now thou dost thy self immure and close
In some one corner of a feeble heart:
Where yet both Sinne and Satan, thy old foes,
Do pinch and straiten thee, and use much art
To gain thy thirds and little part.

I see the world grows old, when as the heat
Of thy great love, once spread, as in an urn
Doth closet up it self, and still retreat,
Cold Sinne still forcing it, till it return,
And calling Justice, all things burn.

地上;又想这不太可能,他恳求太阳增加它的光线,以让儿子用手缠绕着它们爬到母亲的所在之地。[3]这从天堂降下的阳光"丝束"(《珍珠》,"The Pearl")在《晨祷》("Mattens")里再次出现,赫伯特(以他自己想象的日课①祷文的版本)祷告,让晨光向他展示造物主和他的作品:

祢的爱教我认识;
此刻我所见,这全新光芒,
许将作品和作匠显示:
而后,我攀爬向祢,从一束阳光。

《晨祷》

① 日课(*Officium Divinum*; Divine Office)也常称时辰礼仪(*Liturgia Horarum*; Liturgy of the Hours)。"Mattens"为"Matins"或"Mattins"的变体,为一天的首次祷告。在基督教发展历史和不同传统中,Matins 的时间和持续长度也演变出从子夜到上午的诸多不同形式,拥有不同的指代范围。在赫伯特所处的圣公会的简化仪式中,可为(更贴近字面意义的)晨祷(Morning Prayer),跟后文的《晚祷》("Even-song")一诗所指仪式同为圣公会最基本的两大时辰礼仪。

Teach me Thy love to know;
That this new light, which now I see,
May both the work and workman show:
Then by a sunne-beam I will climb to Thee.

"Mattens" [63]

与神的纵向距离在《火炮》("Artillerie")里由一颗流星(可以说是阳光的夜间版本)连通,一个燃烧的惩罚从天堂发出,提醒疏怠的赫伯特他的宗教职责。赫伯特哭诉着反驳上帝,说自己"也有星石和大炮":"我的眼泪和祷告夜以继日地请求,/一步步努力靠近你;可你
11 拒绝。"[139]这是一种酸楚的孤独,渴求着更完满的亲密,能生成如阳光和流星那样的垂直桥梁。它们代表了一种(我们都熟知的)模式:身处亲密关系之中却感到叫人煎熬的距离;有想要完全融合的冲动,当前的距离却不会消失。

渴求着绝对的亲密,赫伯特有时变得无法忍受任何距离。《紧扣手》("Clasping of Hands")想象了一种融合的身份,全盘否决了第一人称和第二人称形容词"我的"和"你的"。取题自人类友谊的姿势,《紧扣手》

开篇虽声称相互占有,“主啊,你是我的,我是你的”,最后一行却结束于祈祷废除之前的形容词。当“没有你的和我的”时,或可实现某种不可言述的(目前只能否定地描述的)新状态:

啊,仍是我的!仍让我是你的!
或是,更好是,没有你的和我的!

O be mine still! still make me thine!
Or rather make no Thine and Mine!

[157]

这种狂喜交融在堕落的现时几乎不可能发生,而赫伯特必须放弃要消除自己与神之间所有距离的希望。可距离一旦被设定为事实,就会激发恐惧,怕可能并不存在桥梁,而罪人将被弃入永久的疏离,如在《朝圣》(“The Pilgrimage”)一诗里。疲惫的朝圣者——在经过**绝望**的洞穴和**傲慢**的岩石,离开**幻想**的草地,穿过**忧虑**的树林,在**激情**的荒野被洗劫之后——相信他终于来到了锡安山，向上爬上山顶，他将找到神：

终于我来到心旷神怡的山丘，
那儿有我的希盼，
那儿有我的心；跋涉不休，
12 当我过了山脊到了山巅，
地上的一个咸苦的水湖
就是全部。

众多叮刺围袭，恐惧蜂拥而上，
又困顿又羞愧，
我摔下，哭叫，呜呼，我的国王！
路途和尽头为何都是泪水？

At length I got unto the gladsome hill,
Where lay my hope,
Where lay my heart; and climbing still,
When I had gain'd the brow and top,
A lake of brackish waters on the ground
Was all I found.

With that abash'd and struck with many a sting
Of swarming fears,
I fell, and cry'd, Alas my King!
Can both the way and end be tears?

[142]

这首诗里的朝圣者从未达到他的目标;而这里所呼唤的远方的"国王"也从未拥抱他的属下。这样的"国王"使亲密感似已变得无法企及。

有着时间和空间的障碍,罪恶和撒旦,以及至高之神的莫测和距离,赫伯特要如何构想并实现他所渴望的亲密呢? 如果上帝不再像在亚伯拉罕之时那般,同我们熟识地一起在世间,诗人想,祂或许至少可以间歇地造访我们的居所(一种令人不太满意的亲密模式);然而,如果祂没有"长久停留",我们会感到缺失了与祂的稳定亲密。感到神在场的不稳定是赫伯特在《圣殿》(*The Temple*)中许多痛苦的根源:与此同时,矛盾的是,这也成为赫伯特某些最为亲密责备语气的场景:

离开去哪儿,喜悦?

你现在才来；这么快就要离去，

把我遗弃给茫茫黑夜？

许多个星期的哀苦和痛楚

只半会儿把我的心儿安抚？

《一瞥》

Whither away delight?

Thou cam'st but now; wilt thou so soon depart,

And give me up to night?

For many weeks of lingring pain and smart

But one half houre of comfort to my heart?

"The Glimpse" [154]

如果距离和间断的瞥见带不来期盼的亲近关系，
13 赫伯特会试图找带翼的助手来帮助他克服垂直距离。他向**礼拜日**(主的日子)提议他俩一起"手拉手飞向天堂"[《礼拜日》("Sunday"),77]；他对**教堂音乐**说，"如果你伴我一起旅行，/你知道去天国之门的路"[《教堂音乐》("Church-music"),66]；他也唆使一颗星用它的火来炼化他，再将他带回它的原住天堂，那儿一

束束光线为他的救主的面庞加冕，

如此在这其余事物之中，我可要
如它们闪闪发光，卷曲，缠绕：
那缠绕是它们在表白
崇拜。

《星》

That so among the rest I may
Glitter, and curle, and winde as they:
That winding is their fashion
Of adoration.

"The Starre" [74]

可是，与一位天国同伴的亲密关系，无论是礼拜日、音乐，还是星星，都无法取代同上帝本尊的亲密。赫伯特思考，如果重新把神想象作父母，而不是国王或主，也许祂可以被带至更近。[4] 在这个模式中，神更像一位母亲而不是一位父亲（"所有怜悯从你流溢。/母亲慈爱，因为你慈爱，/并分给/给她们一块"）[《渴望》（"Longing"），

148]。在他早期的《坚毅》("Perseverance")一诗中,赫伯特暗暗把自己描绘成一个婴儿,紧紧抓住一位母性之神的胸,全然没有距离:

只是我的灵魂不松开你的诺言,
脸庞和双手紧贴在你胸里,
紧紧贴着哭叫,哭叫不断,
　　你是我的岩石,你是我的憩息。[5]

Onely my soule hangs on thy promisses
With face and hands clinging unto thy brest,
Clinging and crying, crying without cease,
　　Thou art my rock, thou are my rest.

[205]

这一慈爱的父母形象(通常被赫伯特表现为男性)是甜美而温柔的,只发出最柔和的责备。在《衣领》("The Collar")一诗中,主没有打断地耐心倾听沮丧的诗人
14 "咆哮,愈加狂野暴戾/随着每句倾吐"。主并未捍卫自己的行为或谴责罪人,而只是呼唤祂迷失的儿子:

但当我咆哮，愈加狂野暴戾
随着每句倾吐，
我想我听到一声呼唤，孩子！
我回答，我的主。

But as I rav'd and grew more fierce and wilde
At every word,
Me thoughts I heard one calling, *Child*!
And I reply'd, *My Lord*.
[153-54]

虽然神呼唤诗人为"孩子"，似乎以父母自居，羞愧的孩子却不敢承认这被赐予的子承关系：他回答的不是"父亲"，而是"我的主"。当赫伯特的内心在一个更好的状态时，比如在他的另一首改写自日课祷文的《晚祷》（"Even-song"）里，他能惊讶地看到"爱之神"不是一位"主"，而是一位温柔的父母安慰人类小孩进入梦乡：

而你仍未停歇，

此时，在黑暗中闭上困倦的双眸，
　　对着人说，这已足够：
　　此后歇息吧；你的工作已完结。
[……]
　　　　我默想哪个显现出更多的爱，
白昼还是黑夜；彼是暴风，此是港口；
　　彼是小径，此是亭楼；
　　或彼是花园，此是林间。
　　　　我的神，你是所有的爱：
　　未有微小片刻溜走过你胸，
　　而从上方带来一桩恩典；
我休息，不在床上，在这份爱中。

　　　　Yet still thou goest on,
And now with darknesse closest wearie eyes,
　　Saying to man, *It doth suffice*:
　　Henceforth repose; *your work is done.*
[. . .]
　　　　I muse which shows more love,
The day or night; that is the gale, this th'harbour;

That is the walk, and this the arbour;
Or that the garden, this the grove.
    My God, thou art all love:
Not one poore minute'scapes thy breast,
But brings a favour from above;
And in this love, more than in bed, I rest.

[64]

当赫伯特能感到神是"所有的爱",他的作品在语气上也达到并代表了他所渴求的亲密。

对赫伯特,"爱"一词成为一个互通情谊的护符。 15
因为"爱"佐证了诗人心灵的相宜性情,便可进入一种交错的与神近乎对等的关系,神圣的爱与凡人的爱在其中接触、重叠:

你的力量和爱,我的爱和信赖
　将一处变作每一方所。

《性情(I)》

Thy power and love, my love and trust

Make one place ev'ry where.

"The Temper (I)" [55]

这里"爱"一词代表着一种感受的体同。在与赫伯特自己的爱的类比中，神之爱变得可以理解，但二者仍有分别——在《紧扣手》里却没有——一位延伸出仁慈的"力量"而另一位回应以"信赖"。即使在赫伯特想象爱的对等时，他也并不觉得自己可以使用这两个惯常表示情投意合的主动动词——"我爱你"，"你爱我"——而只说他自己的感觉，如在《一首真正的赞诗》("A True Hymne")里，他不仅找到自己给神的爱——"啊，我能爱!"——还找到从神那里得到的爱："[我]被爱"。诗人有说，如果诗句虽然押韵，却不是发自内心的信仰，神有理由抱怨；但如果请求者的心被震动，哪怕他的诗句较次，这份亲密关系也没有不足：

……如果震动了心怀，

即使诗篇有些简陋，

神亦满足所求。

因，当心说出（叹息着，把应许等待）
啊，我能爱！而后停顿：神写下：被爱。

. . . if th'heart be moved,
Although the verse be somewhat scant,
God doth supplie the want.
As, when th'heart sayes (sighing to be approved)
O, could I love! and stops: God writeth, *Loved*.
[168]

因为神圣刻下的“被爱”不仅填补了这句诗行，还完整
了尾韵，我们看到，当诗人心中充满爱，神会进来完满
这“有些简陋”的诗句，在所有方面——思想，节律，韵
脚。在这种亲密模式下，朋友间凭直觉感知彼此没说 16
出口的愿望，没等请求就满足了它。一位朋友——在
语意，在喷涌的情感，在语音的和谐上——完整了另一
位。在场的看不见的倾听者，通过神参与一同写下这
首诗，在赫伯特的纸页上栩栩如生。

赫伯特最真切的戏剧模式是一个与神几乎平向的亲密关系，神像朋友一样书写和说话。[6] 作为父母的

神，无论多么关切，仍与灵魂保持了一个不对等的有着纵向距离的关系，是成人对孩子。只有在成人对成人的关系中，赫伯特才能找到一个更令人满意的亲密意象，在救赎的戏剧里创造出一个凡人般的神圣角色。友谊或许成为赫伯特与神亲密最好的模式，因为这是他最为看重的成人关系。因此，他也通过友谊的模式来审视自己在与神的交往中自身的道德弱点，如他在《不仁》（"Unkindnesse"）中所忏悔的。对尘世间的朋友，（他说）他确定无论自己有何企图，都不会破坏友谊；他会"从最少责怪的位置或想法"来保护朋友；他对有困难的朋友随意施舍；他将朋友的利益置于自己的之上。但在与神的关系中，他恐怕是相反的。《不仁》的每一诗节都以诗人的耻辱结尾，他不仅对待神比对待朋友要更糟糕，他对待祂——在羞耻的最后一行里——比对待自己的仇敌还要糟糕：

> 我不会用朋友，如我用祢。
>
> [……]
>
> 我不可用朋友，如我用祢。

[……]

我不能用朋友，如我用祢。

[……]

我也不愿用朋友，如我用祢。

[……]

我亦不用我的仇敌，如我用祢。[7]

I would not use a friend, as I use Thee.
[. . .]
I could not use a friend, as I use Thee.
[. . .]
I cannot use a friend, as I use Thee.
[. . .]
Nor would I use a friend, as I use Thee.
[. . .]
Yet use I not my foes, as I use Thee.

[93-94]

赫伯特——既已在友人耶稣身上看到可以是他最
好的自己的榜样——在写作的某些时刻遇见没有一丝 17

距离的神，也便不足为奇了。在为写诗辩护时，赫伯特声称，虽然诗歌可能被世俗轻蔑，却在实现与神的亲密和感受祂的恩典上有着不可估量的价值。诗人在《本质》（“The Quidditie”）中对神说，写诗时，“我与你在一起，赢下一切”：

我的神，诗歌不是王冠，
没有荣耀，或华服绸锦，
没有鹰，声名，或盛宴，
并非宝剑，亦非鲁特琴：

它不能跳跃，舞蹈，或嬉戏；
它从未去法兰西或西班牙；
它也不能娱乐消遣时日
凭我的壮观领地或赛马：

它不是职务，艺术，或新闻，
也不是交易，或熙攘门阶；
可是，在使用它的时分

我与你在一起，赢下一切。

My God, a verse is not a crown,
No point of honour, or gay suit,
No hawk, or banquet, or renown,
Not a good sword, nor yet a lute:

It cannot vault, or dance, or play;
It never was in *France* or *Spain*;
Nor can it entertain the day
With my great stable or demain:

It is no office, art, or news,
Nor the Exchange, or busie Hall;
But it is that which while I use
I am with thee, and *most take all*.

[69-70]

诗歌不是财产，活动，或机构：在神学上并不陌生的否定定义的形式，很难再超过这前十行里的让步了，随之的“可是”仅凭其非凡而复杂的理论一下扭转了局势：

诗歌是,当我从事这个活动时,将我与神亲密相连的事物,从而使我拥有了一切事物。“我与你在一起”没有像《紧扣手》的结尾那样取消人际差别;但它敢于提出,朋友的相伴,作为我们日常生活中很有辨识度的一种形态,可以映射到神性的层面。

18 在那些神以耶稣之身出现,如同一位当下的友人般说话的诗里,赫伯特借胆写下让耶稣开口的对话,成为他最引人入胜的一些亲密诗行。这类诗的典范是《未知的爱》(“Love unknown”),以典型赫伯特式的倾吐语气开始,叙述者对一位未表身份的交谈者说,“亲爱的朋友,坐下吧,这故事漫长而悲伤。”①天真的叙述人完全不知道他的交谈朋友是耶稣。虽然他认为可以从这位朋友这儿找到乐意的听众,却怀疑这位朋友有能力将他从在他主人的仆从手上所遭受的虐待中解脱出来:

---

① 此处沿用原文和常见版本中首字母小写的“unknown”。而“Friend”(朋友)在诗里和原文的讨论中常为首字母大写,暗示了“朋友”的神性。

亲爱的朋友,坐下吧,这故事漫长而悲伤:
在晕眩乏力中,我想你的爱
比起援手,更是认同。

Deare Friend, sit down, the tale is long and sad:
And in my faintings I presume your love
Will more complie than help.

当叙述人列数施加在他心上的凌辱,这位朋友提供了温和的批判观察,总是措辞为主观的“我怕是”。愤慨的叙述人说,他的心被扔进一个血水喷泉冲洗拧绞(“这样的拧绞/挤出泪水”);于此,朋友只是评论,你的心恶臭,我怕是。心随后被扔进一口大锅:“这男人……/把我的心扔进滚烫的平锅;/我的心,带来[我的献祭](你理解吗?)/ 献祭者的心。”对这痛苦的持续,朋友只是重复他之前的评论,只改变了一个形容词。如果一颗“恶臭”的心需要洗涤,一颗坚硬的心便可能需要融化:你的心坚硬,我怕是。接着叙述人带着怨憎讲述,他发现他的床塞满了痛苦的“思绪,/我会说是荆棘。”他变得凄惨：

亲爱的，我的心怎能不破碎，
甚至连我的憩息也随我的快乐逝去？

Deare, could my heart not break,
When with my pleasures ev'n my rest was gone?

朋友回答以另一个克制的形容词：你的心迟钝，我怕
19 是。在第三次温和提示主人命令的“虐待”是有理的之后，叙述人终于承认了他的过错，看到了他的精神懒惰。最后，直至结束时分都非常简洁的交谈者终于开始了长论，反过来称叙述人为“朋友”。评论中，他揭晓出温婉的形容词，可以扭转先前叙述人的心之恶臭、坚硬、迟钝：

真的，朋友，
在我听来，你的主人显示给你
比你所知的更多恩惠。想想希求。

喷泉只用以更新,老旧的东西:
煮锅柔化了,那长得太坚硬的:
荆棘确有,使那太迟钝的锐利:
一切都在努力修补,你污损的。
因此欢喜起来,全部地赞颂他
每天,每时辰,一周的每一瞬,
那位乐于见你崭新,柔和,敏锐。

Truly , Friend ,
For ought I heare , your Master shows to you
More favours then you wot of. Mark the end.
The Font did onely , what was old , renew :
The Caldron suppled , what was grown too hard :
The Thorns did quicken , what was grown too dull :
All did but strive to mend , what you had marr'd.
Wherefore be cheer'd , and praise him to the full
Each day , each houre , each moment of the week ,
Who fain would have you be new , tender , quick.
[129-31]

如此善解人意又如此确定他的解释,这位朋友回答了叙述人的抗议，回以指导而非指责；归咎于无知而非罪恶；提出叙述人得到的不是虐待而是“比你所知的更多恩惠”；并将不耐烦的抱怨代之以良善的结果：“想想希求”。如果你的主人只想要你最好——你应“崭新，柔和，敏锐”——你对自己的希望当然也须向着那个目标；如果考验的手段（喷泉，煮锅，荆棘）是艰难的，至少目的是合乎情理的。重述他之前的形容词“老旧”（友好地取代了更严厉的“恶臭”），“坚硬”，和“迟钝”，再用动词“更新”“柔化”“锐利”将它们扭转，朋友的温和启示模仿了主人的行为，“神奇地”将之前的心转化为一颗“崭新，柔和，敏锐”的心。脱去旧的罪人成为新的良人，脱去精神死寂的迟钝成为永恒生命的敏锐，是朋友描述的令人信服的过程。可能像是指责的描述——朋友评价叙述人“你污损的”曾拥有的“崭新，柔和，敏锐”的灵魂——实际是中性的，对应描述改变时的“更新”“柔化”“锐利”。朋友的话使更新、柔化、锐利听起来像周期性的自然过程，不断循环着污损被修补，恶臭被更新，坚硬被柔化，迟钝被锐利。他点出并认可了这些过程，没有责怪。他鼓励欢喜和赞颂，而不是悔罪或自责。这位富有同情心的朋友，向他新近磨砺出来的叙述友人肯定，他现在处在一个“崭新，柔和，敏锐”的理想又愉悦的状态。

在《未知的爱》里，耶稣的作用是对叙述者的怨诉作现场解说，将未知的爱变为知晓的爱。我认为，赫伯特在想象他的读者时也带着类似的亲密感，譬如《圣殿》里的那些诗实际上在对我们讲，“亲爱的朋友，坐下吧，这故事漫长而悲伤”。通过这里耶稣的榜样，赫伯特给我们展示如何倾听一位苦难中的密友。耶稣耐心地听完了整个自怜的故事；他的评论虽带着诠释，并没有直接责备；他说，不是整体的“你”，而是你的一方面——“你的心”——迟疑了。耶稣的评论简短，善良，试探地措辞。只有到最后，当他的第三次评价使叙述人承认错误时，耶稣才使出他鼓励性的事后观察，指向好的结局和叙述人变好的状态，只是暗示了他曾损害过一个更好的状态——“你污损的”。虽然这位朋友比叙述者更高瞻远瞩，他并不是俯就地与之交谈，而是宽慰和肯定地。在这出短剧的模式里，神性的亲密避免问罪，在解释罪人的困境时保持一种描述性的中立，激 21

励一个更快乐的心态，并揭示所经历的考验的意义。我们可辨出使徒保罗的传统：爱是耐心和善意。[8]而在读到赫伯特的宽容的耶稣时，现代读者可能会想到，赫伯特早已写出了一位现代概念中理想的心理治疗师——这显示出赫伯特在纸上创造出何等真切的人性存在。

但比起这无论多么温和却不对等的更强大的阐释者对犯错的新信徒的道德教育时刻，还有更好的、可从中学习的亲密时刻。在《圣殿》的最后两首诗，《天堂》（"Heaven"）[188]和《爱（III）》（"Love〔III〕"）[188-89]，这般更好的时刻得以构想。在前者——一首回声诗——赫伯特显示，成为密友是用说话人自己的音节出其不意地回答他的问题，而又提升问题。这里的说话人（不像《未知的爱》中的叙述人）总是"对的"——在他的音素里（他的心在对的位置）——但他还不能确定自己未来的命运，于是对他的肯定必须由神之言——从圣经不朽的叶片里发声——来重演（并巧妙地重写）他自己的言语，在经天堂重述的应许里：

天 堂

啊,谁将至上喜乐显与我?

回音。　　我。

回音噫,世人皆知你速朽。

回音。　　休。

你莫不是生发于繁枝茂叶?

回音。　　叶。

彼叶为何叶? 莫将末节省。

回音。　　圣。

圣叶可为回音,出自福赐? 22

回音。　　此。

那告知我,何为那喜之狂?

回音。　　光。

心灵之光: 意志何以为乐?

回音。　　乐。

快乐可伴随着忧虑与事议?

回音。　　逸。

光,乐,逸;而可否长久?

回音。　　久。[9]

Heaven

O who will show me those delights on high?
Echo. I.
Thou Echo, thou art mortall, all men know.
Echo. No.
Wert thou not born among the trees and leaves?
Echo. Leaves.
What leaves are they? impart the matter wholly.
Echo. Holy.
Are holy leaves the Echo then of blisse?
Echo. Yes.
Then tell me, what is that supreme delight?
Echo. Light.
Light to the minde: what shall the will enjoy?
Echo. Joy.
But are there cares and businesse with the pleasure?
Echo. Leisure.
Light, joy, and leisure; but shall they persever?
Echo. Ever.

[188]

这首精巧的诗具象化了幻想中的完美亲密,其中天国朋友的精神在音乐上呼应了我们自己的心灵。我们在这位朋友的回音里所找到的，都是最初在我们自身之中的声音；在我们与朋友的应和中，我们找到的就是我们自己，却得到了改善和应许。[10] 这种关系，像《未知的爱》中的一样，允许两位友人在知识上的差异：**回音**比说话人"知道更多"。对赫伯特这样的智识之士而言，这也许是亲密关系必要的一面：一位理想的密友可以既支持知识上的成长也支持情感上的互通。《天堂》是一首诺言之诗，但没有更早的那首《坚毅》里的痛苦，"只是我的灵魂不松开你的诺言，/……紧紧贴着哭叫，哭叫不断"[205]。在《天堂》里，许诺从第一行到最后一行都是清晰的：高处的喜乐将向灵魂显现，光亮，快乐，闲逸将持久，长久。

《天堂》可能会被认为达到了亲密的至高模式，真实地保留了二元性（正如《紧扣手》所没有），却暗喻了心灵与词语的共鸣巧合。不过，《天堂》的亲密是智性的、语言性的，更属于灵魂而非肉体（仅存于无实体的 23
"更高"的听觉中）。赫伯特对亲密的行为、姿态和语言钻研最深的一次，所给出的模式是身体和情感的养料合一：在一位友人（即刻被称为“爱”）家中饮食。这里，赫伯特的说话者是一位客人；他最初在门口遇到这位有意未分辨性别的主人朋友[11]，对他表示欢迎，温柔地打消他自觉在身体和灵魂上的不配，并在他决意担起仆人的卑微角色时，回答道他的角色是位期盼中的客人：

爱（Ⅲ）

爱招呼迎接我：我的灵魂却退缩，
　　尘垢与罪恶的负疚。
但眼尖的爱，察出我开始闪躲
　　从我第一次进门后，
走近到我身边，甜甜地问我
　　是否缺少点什么。

一位客人，我回答，配得上来这儿：
　　爱说，你将会是他。
不善良，不感恩的我？我亲爱的，
　　我无法直视你了啊。

爱拉起我的手,微笑着答道,

　　这双眼,除了我,是谁造?

真理,主啊,可我玷污了它们:且

　　让我的耻辱去它应得之处。

你可不知,爱说,谁承受了罪责?

　　我亲爱的,那我来服务。

你得坐下来,爱说,尝我的美食。 24

　　于是我坐下来吃。[12]

Love (Ⅲ)

Love bade me welcome: yet my soul drew back,

　　Guiltie of dust and sinne.

But quick-ey'd Love, observing me grow slack

　　From my first entrance in,

Drew nearer to me, sweetly questioning

　　If I lack'd any thing.

A guest, I answer'd, worthy to be here:

　　Love said, You shall be he.

I, the unkinde, ungratefull? Ah my deare,
　　I cannot look on thee.
Love took my hand, and smiling did reply,
　　Who made the eyes but I?

Truth, Lord, but I have marr'd them: let my shame
　　Go where it doth deserve.
And know you not, sayes Love, who bore the blame?
　　My deare, then I will serve.
You must sit down, sayes Love, and taste my meat.
　　So I did sit and eat.

[188-89]

《爱(III)》跟《天堂》一样,演绎亲密的形式是应和,但这里,赫伯特展现出的应和既是语言上的也是姿态上的,诗里的来回运动如下面的图表所示。双方的行为和姿态都以楷体显示:

爱(III)

主人　　　　　　　　　　　　客人

爱招呼迎接我:

我的灵魂却退缩，

尘垢与罪恶的负疚。

但眼尖的爱，察出我开始闪躲

从我第一次进门后，

走近到我身边，甜甜地问我

是否缺少点什么。

一位客人，我回答，配得上来这儿：

爱说，你将会是他。

不善良，不感恩的我？我亲爱的，

我无法直视你了啊。

爱拉起我的手，微笑着答道，

这双眼，除了我，是谁造？

真理，主啊，可我玷污了它们：且

让我的耻辱去它应得之处。

你可不知，爱说，谁承受了罪责？

我亲爱的，那我来服务。

你得坐下来，爱说，尝我的美食。

于是我坐下来吃。

在将亲密关系描绘为天堂宴会时，爱似乎比罪人知道更多（如《未知的爱》里解说的友人和《天堂》里补充的回音）；但当我们思考爱在这里给出的回答时，我们看到，爱只是在提醒这基督徒罪人他已知之事。他当然知道神造了他，双眼和一切；他也知道谁为他的罪“承受罪责”。爱微笑的回答不是指导——毕竟，已被准许入正义的宴会的获救灵魂知道他所需要知道的一切。爱的话更是份慰藉的肯定。爱同意，你当然不是“一位配得上来这儿的客人”，因为无人值得天堂；于是当罪人说他所缺少的是“一位客人……配得上来这儿”时，爱没有回答“你是他”，而是命定的“你将会是他”。爱的“将会是”（不是未来意义上的“将是”）代表了神的救赎意志及其有效方式：圣灵洗清罪孽的力量。在这样的表述中，如《天堂》里，罪人将在保持自身的同时得到完善：“你”和“值得的客人”由任命身份的系动词——确定性的系动词——牢牢联系在一起，由赫伯特从前所确信的那些诺言所保障。安静的“于是我坐下来吃”让我们想起《本质》结尾坚定的“我与你在一起，赢下一切”。

《爱(III)》有时被描述为反映了文艺复兴时期繁文缛节的宫廷礼待。[13]但礼待不是亲密;伦理的亲密远比礼仪深刻。爱能共情地读出羞愧的罪人所思;爱是“眼尖的”,察觉客人的不安;爱伸出的手出于真情实意的欢迎,不仅仅是礼貌。作为一种亲密的模式,这里的爱超越了友情的无私——友情的共利互助曾在《不仁》中被述为模范关系。爱的慷慨却超越了互惠;它被按捺下去又流溢而出;最后用谦卑的服务代替礼尚往来。在宫廷礼仪的天堂改写中,主人站立着服务罪人坐下 26
来进食。[14]我们在接受亲密时的巨大困难被无地自容的罪人表现了出来。最后,他服从了,以象征着不可言表的感恩的单音节词:“于是我坐下来吃。”

描述一位看不见的朋友并与之交谈,对写亲密主题的诗人有着怎样的吸引力呢?在现实的世俗关系中可以出现无数通向亲密的障碍:年龄,环境,疾病,劳作——虽然赫伯特与他的原生家庭,他的妻子和侄女,他的朋友和教区居民都有紧密的联系。相比之下,一位看不见的对话者或倾听者使诗看起来像一个数学提出的“纯粹”问题,其中假设了摩擦的缺失,或假定了一个绝对真空，或划出了一个无量纲的点，或规定了任意多的在现实中不可能的条件。在不可见的以太中，心理模型的建构可以不受任何阻碍，而只由说话者对所设关系的态度决定，于是如我们所见，亲密的条件和假设可以被自由地探索，称心如意的亲密伦理也可以被提出。

除了发明出各种合乎心意的人际关系模式，赫伯特在诗歌亲密感上的伟大成就还在于，他的尝试带来的语气所拥有的音域。如我所说，赫伯特式语气的精髓是一种亲密倾吐，如“亲爱的朋友，坐下吧，这故事漫长而悲伤。”但也有反叛的喧嚣音，乞求的恳切音，羞耻的畏怯音，劝服的引诱音，憎恨的愤怒音，欢快的狂喜音，抑郁的沉闷音，发问的期望音。赫伯特可被称为一位人类文化语言学家，熟知可用于亲密谈话的多种语气。例如，没有人在诗中这般生动地想象过，看不见的上帝对一位叛逆的灵魂会怎样回复。我们已经看了这
27 位看不见的友人的一些低调言谈，但罪人与这位对话者间最为展开的交谈出现在动人的小诗《对话》（“Dialogue”）[114-15]里。其中，愤恨的罪人责怪耶

稣，因祂迟迟未拯救像他那样挣扎的灵魂：

最亲的救主，若我的灵魂
　　还值得保有，
我便应迅速地止损
　　摇摆的念头。
但当我的所有忧虑苦痛
不能给出收获的名与功
对你满是污点的可怜虫，
快乐或是希望都已落空？

Sweetest Saviour, if my soul
　　Were but worth the having,
Quickly should I then controll
　　Any thought of waving.
But when all my care and pains
Cannot give the name of gains
To thy wretch so full of stains,
What delight or hope remains?

诗节的前半部分在陈述和韵律上是平衡的：**若**（两行押 *ab* 韵），**便**（两行重复 *ab* 韵）。这种形式显示了理性思考和平衡论证。但诗节的后半部分——以反对的“但”开头——随着不变的韵脚 *cccc* 的渐强而升起，完全放弃了平衡的姿态。当灵魂发泄它忿忿不平的控诉时，耶稣回答：

孩子，什么是你的平衡，
　　你的气度和尺度？
你将会是我的，我坦诚；
　　别碰我的财富。
拥有你，收获了些什么，
只有他，被卖掉赎人之过，
才得见价值几多；
再转移账目给我。

What, Child, is the balance thine,
　　Thine the poise and measure?
If I say, Thou shalt be mine;

Finger not my treasure.

What the gains in having thee

Do amount to , onely he ,

Who for man was sold , can see ;

That transferr'd th'accounts to me.

耶稣在此节中的语气始终是有“气度和尺度”的，语气中有一个平衡的账目，依据只有他能看到的凭证。我们可以辨识出在第五至七行里情绪的渐强，既对应又 28
逆转了说话人自己的情绪。不过，耶稣避免了攀比谁更受苦，他以第三人称讲自己的故事，称自己为“他，被卖掉赎人[的]”。唯一没有太斟酌的语气是开始的“孩子，什么”：这出自一位救主或父母，而不是一位会计师。救主仍待以第一人称来讲述他的救赎行为。

罪人对耶稣的反驳的回应是诡辩而任性的：他的上半段“平衡的”四行诗如教条，而下半段一韵渐强的四行诗对他的救赎是危险的：

但我既看不到任何德行，

　　可带来这份好意：

那将我纳入其中的途径
　　超出了我的认知。
理由既都是由你做主；
那这皆不是我的道路：
我否决整个规划蓝图：
罪恶否决，我要退出。

But as I can see no merit,
　　Leading to this favour:
So the way to fit me for it
　　Is beyond my savour.
As the reason then is thine;
So the way is none of mine:
I disclaim the whole designe:
Sinne disclaims and I resigne.

“我的”和“你的”完全分离了：罪人和罪恶此刻共享同一个动词。“我否决……：/罪恶否决”。赫伯特别出心裁地在纸上创造了绝妙的语气，关于他的词语和句法有很多可谈的：在这里与耶稣的争吵中，罪人使用了神学语言（“德行”)和世俗语言(“好意”),在寻找被纳入耶稣的“蓝图”的途径时,看的是他自己的“认知”(savour;法语:*savoir*),而不是他的救主(saviour)。说话人的语气既自私又怨恨,假装讲逻辑(“既……/那”)却陷于愤怒情绪(“我否决……/我要退出”)。在身份从句“我否决……/罪恶否决”下隐含的可怕的系动词联系——“我是罪恶”——代表了人的意志彻底降服于罪恶的游说。然而,耶稣拒绝接受罪人可以“退出”(resigne)他的“蓝图”(designe)。意识到他之前“理性的”账目并未说服罪人,耶稣引出了感 29
情的材料:他的牺牲,这次以第一人称,提醒着罪人什么是真正的“退出”——耶稣自己的:

那就这样吧,我若可以毫无
　　怨言地得此结局;
我的黏土,我所造之物,
　　将随我退出无余:
当我自由地辞别归隐
带着我的光荣和德信,
留下所有快乐品尝所有苦因——

That is all, if that I could
Get without repining;
And my clay, my creature, would
Follow my resigning:
That as I did freely part
With my glorie and desert,
Left all joyes to feel all smart —

耶稣运用诗节的单韵渐强的力量(归隐……/德信……/苦因),回想起他如何留下天国的光荣和快乐去承受"所有苦因",这时顽固的灵魂也被悲伤占据,诗结束于罪人的一阵剧痛——"啊！别再说了：你碎了我的心。"(Ah! no more: thou break'st my heart.)这一亲密模式转写了一次亲密争吵里的感性和智性语气,其中"情感的"诗节排解了"逻辑的"诗节,我们也听到了语气因此的转变。耶稣最后的"渐强"缺失了最后一行：如果罪人没有打断他,他会说什么呢？耶稣说,"惟愿你将随我退出",于是我们可以想象这一设想的结果——根据必要的音韵——如果耶稣说完了他的诗节,或许像下面这样(我把虚构的一行加了括号)：

当我自由地辞别归隐
带着我的光荣和德信，
留下所有快乐品尝所有苦因——
［你在悲痛中将交出你的心。］

That as I did freely part
With my glorie and desert ,
Left all joys to feel all smart —
[You in grief would yield your heart.]

但是罪人以令人信服的亲密迹象为耶稣“完成”了他的
句子（和诗节，和尾韵）——耶稣的（假设的，直觉的）愿 30
望与罪人归顺感叹的巧合展示给我们，罪人臣服于他
的救主的美学设计和在“退出”上互报的伦理。在这一
密友间的争吵中，罪人的犹疑引起了耶稣的逻辑；耶稣
的逻辑产生了罪人的相反逻辑；然后耶稣的情感引起
了罪人的情感回应，这种同步性能使参与者的语气在
共同的酸楚中彼此映照，而诗歌结束于一个完整的
韵律。

《对话》里的亲密伦理建议，如果一种人际和解策略（在这里是耶稣的第三人称叙述）失败了，真正的朋友会尝试另一种（在这里是耶稣的第一人称叙述），直到想法一致。在赫伯特的亲密诗歌里的完美对称——《爱（III）》中天堂宴会上的迎接和负疚的回合，《天堂》和《对话》中对应的交流——显示了这些诗多么完整地代表了“纯粹”案例，在相互性的理论实验中，渴望着将传统祷告辞令中灵魂与神一贯的“纵向”距离改为“平向”交流。

将我们所知的实际亲密关系中的痛苦和困难投射到一个抽象模式的象征层面上，赫伯特写出了一本在现实世界中通向更好的亲密形式的指导手册。不过，在与不见者的亲密中杜绝了那容许性爱的亲密，赫伯特限制了他所允许自己使用的语气。而我们接下来转向的沃尔特·惠特曼，选择了将朋友与朋友的亲密投射向未来，并强烈而暧昧地将其性爱化，而这要求一套与我们在乔治·赫伯特的诗歌中所看到的不同的模式和语气。

注释

［1］赫伯特主要从中受惠的祷文是《诗篇》，其与上帝的对话使用语气之广阔，让赫伯特不可能不从里面的范例受益。然而它们没有他与上帝像同时代的朋友般的亲密关系；虽然就《诗篇》与赫伯特的诗歌和散文间的关系可作更长的研究，但我认为这与我在此处的目的无关。

［2］George Herbert, *Works*, ed. F. E. Hutchinson (Oxford: The Clarendon Press, 1964). 所有引文均来自此版本，在行文中引用页码。当"then"意为"than"时，我已自动现代化书写。【"than"（"比……更"）的拼写直到十八世纪初才从"then"（"那时"；"之后"）脱离出来。文德勒的引文保留了赫伯特的书写，读者可自行分辨含义，如在《衰败》中作"then"之意，在《未知的爱》中作"than"之意。——译注】

［3］"Memoriae Matris Sacrum III," in *The Latin Poetry of George Herbert*, tr. Mark McCloskey and Paul R. Murphy (Athens: Ohio University Press, 1965), 129-31:

嘿，无论怎样，如果你不能把母亲从天堂放下， 83
　　而这万分平静不觉每一运动，
那你至少使光束增加，可缠绕于手中

扭结，而我，母亲不移，可来找母亲。

Verùm heus, si nequeas caelo demittere matrem,
Sítque omnis motūs nescia tanta quies,
Fac radios saltem ingemines, vt dextera tortos
Implicet, & matrem, matre manente, petam.

编者译为：

啊，如果你还不能
把我的母亲送下天堂，如果你的
巨大静止不知晓运动，
增加你的光之束
以让我缠之绕之
我的手在其中，我的母亲仍在
她所在之处，我上爬向她。

O yet if you my mother
Can't send down from heaven, if your
Huge immobility no motion knows,
Multiply your rays of light

That I may wind and twist
My hands in them, and, my mother staying
Where she is, climb up to her.

[*Latin Poetry*, 129-31]

【对拉丁语和英语版本的翻译意在尽量展现文本的本意和结构,较少中文归化。后同。——译注】

[4] 见赫伯特的《一位神父至圣殿》(*A Priest to the Temple*)第十六章《牧师,一位父》("The Parson a Father")[*Works*, 250]:

乡村牧师不仅是他的羔群的父亲,还亲自深透教授所信,完整携之随行,好似他为整个教区的生父。此法他从之若善。有人有罪时,他不是一位憎恶之的长官,而是一位可怜之的父亲:……并将罪人视为孩子,宽恕之。

[5] 紧贴岩石的隐喻还出现在赫伯特为母亲而作的一首哀歌中:

而今我危立于命运,暴露于没有母亲的风暴,摇摇欲倒，比大海更动荡无常。
你是根，你是我最坚固的岩石，母亲，
像八角鱼，我用触手牢牢抓住礁石。

Nunc sorti pateo, expositus sine matre procellis,
Lubricus, & superans mobilitate salum.
Tu radix, tu petra mihi firmissima, Mater,
Ceu Polypus, chelis saxa prehendo tenax.

[*Latin Poetry*, 144-45]

编者的翻译(非常遗憾地)如下：

如今赤裸于运气，没有母亲，
于风暴，无助的，无定的，
比大海更加流动的，是我。
你于我是根和最坚固的岩石，我的母亲；
我像珊瑚虫，被触角固定于岩石。

Now bare to chance, without a mother,
To storms defenseless, mercurial,
More fluid than the open sea, am I.

Root and staunchest rock you are to me, my mother; 84
I am as polyps, fixed by tentacles to rocks.

[6] 这里,我提一下耶稣以圣餐的面包和葡萄酒进入内心这一亲密模式。它最初可见于在赫伯特早期的威廉姆斯手稿(Williams manuscript)中发现却并未收入《圣殿》的一首诗《圣餐礼》("The H. Communion")[200-201]。诗虽然在开始——"啊,仁慈的主"——和结束——"我的神,给我你全部"——皆有意发展亲密对话,却在过程中脱离了这一亲密,关注点从情感上的反应转向智识化的神学:

我能够相信道成圣餐
转变形式如道成肉身,
　　如你死去化作小麦。
[……]
而进入我灵魂,这不能;
肉体(即使扬升)仍保持蔓藤
　　无法进入灵魂之超凡。
身体和心灵是不同的天体,
亦无法改变其边界和领地,

而保持一个恒定的极点。

I could beleeue an Impanation
At the rate of an Incarnation,
    If thou hadst dyde for Bread.
[...]
Into my soule this cannot pass;
fflesh (though exalted) keeps his grass
    And cannot turn to soule.
Bodyes & Minds are different Spheres,
Nor can they change their bounds & meres,
    But keep a constant Pole.

《圣殿》里的《圣餐礼》("The H. Communion")[52-53],是另一首后来的诗,稍更亲密("以滋养和力量/你潜爬进我胸膛"),不过这亲近并未贯穿全诗。另一首圣餐诗《宴会》("The Banquet")[181-82]跟面包和酒对话,以第三人称谈起神:"神,为表示他的爱可完善/至多远,/在此,碎屑地,出现。"除了最初对面包和酒的呼语("欢迎甜蜜而神圣的喜乐/欢迎亲爱的"),诗的语气并不亲密。似乎仅凭面包和酒等物类并不足够"人性"地激起赫伯特的亲密。只有当圣宴转至天国,有了一位人物化的主人(**爱**),赫伯特才写出了伟大的亲密之诗《爱(III)》。

［7］每句完结的诗行都代表了道德失败的又一变体。 85
“我不会做”反映意志；“我不可做”反映个体的自我理想；“我不能做”反映个体的行为；“我也不愿做”否定了对错行的自责；最后——“我亦不用我的仇敌，如我用祢”——意味着终极的卑鄙。

［8］我不禁想列举另一种角色与自我，自我与基督之间的亲密关系模式，在《亚伦》(“Aaron”)一诗中。这首诗并没用亲密的语气；一位神父先同自己说话，后(在尾声时)对他的会众说。可当说话者暂别罪恶的自我(圣徒保罗的“老人”)承担起牧师的角色(穿上亚伦的祭服)，他发现自己变形为真正的亚伦，进而成为亚伦的原型——基督。礼拜仪式的角色与获救赎的私我间牢不可破的关系，由五节五行诗以相同的顺序重复同样的五个韵脚来实现：“头”(head)，“胸”(breast)，“死”(dead)，“息”(rest)，和“衣”(drest)。五(行)乘以五(节)重复五个(护符般的)词的结构自然是一个完美的象征。我给出第一节和最后一节。所有诗节都指涉亚伦的法冠和胸甲(后者包含乌陵与土明，光和完美)【Urim and Thummim；希伯来语：וְהַתֻּמִּים הָאוּרִים；原意为“光和完全”，引申为“启示和真理”。——译注】，和下摆装饰着石榴与金铃铛

的长袍(《出埃及记》28):

神圣戴在头,
光和完美穿佩在胸,
和谐之铃在下,复活那已死
领之进入生,乃休:
此真亚伦之衣。
[……]
神圣在我头,
完美和光在我爱胸,
耶稣为我讲义,(他未死,
活在我体内,我亦不休)
众人至;亚伦之衣。

Holinesse on the head,
Light and perfections on the breast,
Harmonious bells below, raising the dead
To leade them unto life and rest:
Thus are true Aarons drest.
[. . .]
So holy in my head,

Perfect and light in my deare breast,
My doctrine tun'd by Christ, (who is not dead,
But lives in me while I do rest)
Come people; Aaron's drest.

[174]

当祭服成为身体,身体成为基督之身,神父"与神在一起" 86
的意义不同于写下诗行或听闻天堂回声或参加天国宴会所获得的意义。成为基督("基督是我唯一的头,/我唯一的心和胸"),神父不需要对基督说话;在这个角色和主体的同体亲密的实验中,呼语的亲密不再必要。

[9] 在我看来,朗诵这首诗时,"回音"一词可被视为一个无声的舞台提示,不应发出声,因为那会破坏回声的音效:"我? 我。"

[10] 可参考华莱士·史蒂文斯《在胡宅喝茶》("Tea at the Palaz of Hoon"):"在那儿我发现自己更真实更奇异"——这句话既适用于创造一首诗的诗人,也适用于在亲密友情中的个人。

[11] 《爱(III)》的主要圣经来源是《路加福音》12:37:"主人来了,看见仆人儆醒,那仆人就有福了。我实在告诉你们,主人必叫他们坐席,自己束上带,进前伺候他们。"而赫伯

特在他的爱中包含了圣父（“这双眼，除了我，是谁造？”），涤罪的圣灵（“你将会是他”），和圣子（“你不知，爱说，谁承受了罪责？”）。“爱”被设定为超越任一性别，也超越潜在于性别中的矮小化，因为具有性别必为男性或女性，不能代表完整，更不必说爱之形象所唤起的三位一体。

[12] 可参考《一位神父至圣殿》第十一章中，赫伯特谈论《牧师的礼待》（*The Parson's Courtesie*）的伦理基础［*Works*，243］：

> 乡村牧师总施舍穷人，礼待其他教区居民，他如此区别，把他的钱留给穷人，把他的餐桌给救济线以上的人。他的餐桌也欢迎穷人，他有时有意带他们回家，让他们坐他身旁，为他们切食；因他的谦恭和得到的舒适慰藉，他们为这友善而欣喜鼓舞。

87 [13] 可参考 Michael C. Schoenfeldt, *Prayer and Power: George Herbert and Renaissance Courtship* (Chicago: University of Chicago Press, 1991)。勋菲尔德将《爱（III）》视作一首礼待掩饰下的权力关系的诗：

> 遵从和服从,通常为适应他人意志的意愿表达,暴露了自我主张和不妥协……[《爱(III)》]的冲击源于对过程的缜密盘查,使礼节的摆动节律掩盖了奏效的权力运作。[205]

勋菲尔德还给出了一个解读,《爱(III)》双关地暗示了情欲的潜台词:

> 说话者随后提议服务——"我亲爱的,那我来服务"——如赫伯特给他母亲的十四行诗一样,游戏于"服务"的淫秽与虔诚意味间。提议服务时,说话者表露了他希望保留一丝社交和性的本事。"爱"以一个既驳回又满足这欲望的命令回答——"你得坐下来,爱说,尝我的[肉]。"口欲取代了生殖能力,成为爱和结合的表达。不能站立或服务——都为维持勃起的委婉语——说话者只得"坐下来吃"。[258]

在我看来,对这首结束《圣殿》的诗,对赫伯特的可能意图如此"背道而论"破坏了赫伯特的语言和情节的温和喜剧。在事后对诗人作心理分析,暗示他根据权力游戏和勃起来书写灵魂进入天堂,在我看来是不可信的批评解读形式。

［14］ 基督徒在领圣餐时应该坐下(作为圣宴的客人)还是跪下(出于谦卑)这个争议不休的仪式问题在赫伯特的《一位神父至圣殿》第二十二章[*Works*, 259]中也有讨论,诗人对每种姿势提出解释,而后说姿态并无教徒自身重要。引发丑闻的是“寻衅”而非姿态:

88 对于领圣餐的举止,牧师本人充满敬畏,他也只管理虔诚者。圣宴确实需要坐下,因为是圣宴;但人未准备好,需要跪着。来到圣礼的人,已有成为客人的信心;下跪的人,坦诚自己是不配之人,从而与其他赴会者不同;而那坐下,或躺下的人,寻事使徒。在善宴中寻衅比任何姿态都更为耻。

赫伯特在《爱(III)》中的叙述者表现出自觉不配的谦恭,而爱要求他有圣宴客人的姿态。

二　沃尔特·惠特曼和在未来的读者

沃尔特·惠特曼,1878 年

惠特曼一开始当然不是位对不见之物感兴趣的诗 31
人，而是位以大胆的身体词汇表达强烈肉体反应的诗人。在1855年版的《草叶集》中，他发明了一种诗歌，融汇了对描述身体结合影响深远的象征，如他对口交惊人的独创演绎：

……这是什么满溢我，童年或成年……和这跨越其间的桥的饥渴……

布匹舔舐第一次甜蜜之食和甜蜜之饮，

舔舐生命肿胀的卵黄……舔舐玫色玉米穗，奶白而刚成熟：

白牙齿停下，凸起之牙在黑暗中挺进，

酒液洒在唇上，胸上，在酒杯的触抚中，之后是最好的酒。

《睡眠的人们》[1855 年《草叶集》，
第 66 – 70 行][1]①

... What is this flooding me, childhood or manhood
... and the hunger that crosses the bridge between...
The cloth laps a first sweet eating and drinking,

---

① 惠特曼一生不断地补充和修订《草叶集》，现有 1855 年，1856 年，1860 年，1867 年，1871 – 1871 年，1881 年等六个不同的版本，以及 1876 年，1888 – 1889 年，1891 – 1892 年等三个重印版，最后一版亦称"临终版"。一些诗也因此有多个版本，比如此处所引的《睡眠的人们》最早一版（彼时尚无标题）的段落，于 1881 年由惠特曼自己删去。本章亦涉及多处对 1855 年版本的引用，中文读者可能无法在基于后期版本的《草叶集》中译本中找到。因结合讨论语境，本章所引诗文皆为译者自译，同时选择性地参考了主要的中文版本或通用译法，可参考：楚图南、李野光译《草叶集》（人民文学，1994 年），赵萝蕤译《草叶集》（上海译文，1991 年）和邹仲之译《草叶集》（上海译文，2015 年）。

此节"laps"为双关词，在首次出现时更像是"盖上"或"裹起"。单数的"boss-tooth"为惠特曼的造词，取"boss"在十九世纪更常用的"突起"之意，此处不难联系到阴茎在口中的活动。此外，"boss"在此时也已拥有现今的"头；上司"之意，出现在 1855 年版的这首诗里稍前于这段的诗人与本土精灵嬉戏时（第 36 – 41 行），在文德勒后文中亦有讨论。两处的情色暗示可联系阅读。

Laps life-swelling yolks . . . laps ear of rose-corn, milky and just ripened:

The white teeth stay, and the boss-tooth advances in darkness,

And liquor is spilled on lips and bosoms by touching glasses, and the best liquor afterward.

"The Sleepers" [*LG* 1855, lines 66-70; p. 726]

早早的肉体之亲，使惠特曼能让亲密心声在爱人听来如此沉醉，如他沉迷于第一人称复数“我们”，将性的自我释放出身体的孤独。在1860年的《亚当的子孙》（*Enfans d'Adam*）和《芦笛》（*Calamus*）①诗编中，肉体亲密以“我们俩”出现，惠特曼与另一人联结为在大路上

---

① Calamus现指菖蒲，源自古希腊语*Κάλαμος*，意为芦苇、芦笔，并有同名希腊神话人物。据Nonnus of Panopolis（*Νόννος ὁ Πανοπολίτης*）在公元四至五世纪以酒神为主题的史诗*Dionysiaca*（*Διονυσιακά*）记载，少年Calamus与他的好友Carpus（*Καρπός*）比赛游泳时，Carpus中途溺亡，Calamus在悲痛中化为了芦苇，在风中簌簌悲鸣。因此，菖蒲/芦苇意象作为（哀婉）男性同性情感的象征，在惠特曼此组描写同性情感的诗编和《草叶集》的其他地方都时常出现，具有草叶、笔杆、阴茎（菖蒲肉穗花序的外形）、风启，乃至芳香、致幻等多重引申意义。中译传统作“芦笛”。

“我们俩男孩抱在一起”，或更强大地，“我们俩”在一起时，等同于整个既造的宇宙。“我们是自然”，说话者
32 说自己和他的爱人，当他们在性的相伴中经历数次有生命和无生命物质的变形：

> 我们成为植物、树干、树叶、树根、树皮，
> 我们卧在地里，我们是岩石，
> [……]
> 我们在森林里四足潜行，尖牙利齿，我们扑向猎物，
> 我们是两片云，午前午后在天上奔突，
> 我们是交混的海洋，我们是两股欢愉的海浪，翻滚上彼此，相互打湿彼此，
> 我们是大气所是，透明、接受、可透、不可透，
> [……]
> 我们兜兜转转直到我们又回到了家，我们俩，
> 我们作废了一切除了自由作废了一切除了我们的快乐。

《我们俩，我们愚戏了多么久》

We become plants, trunks, foliage, roots, bark,
We are bedded in the ground, we are rocks,
[...]
We prowl fang'd and four-footed in the woods, we spring on prey,
We are two clouds forenoons and afternoons driving overhead,
We are seas mingling, we are two of those cheerful waves rolling over each other and interwetting each other,
We are what the atmosphere is, transparent, receptive, pervious, impervious,
[...]
We have circled and circled till we have arrived home again, we two,
We have voided all but freedom and all but our own joy.

"We Two, How Long We Were Fool'd" [92-93]

这种伴侣的身体亲密如此必要,没有了它,如《芦笛》里另一首诗告诉我们的那样,诗人害怕自己将无法写下他的诗句:

在路易斯安纳我看到一棵常青橡树在生长，

它独自挺立，苔藓从树枝上垂挂下，

没有任何同伴，它生长在那里，吐出深绿欢快的叶子，

而它的相貌粗鲁、刚直、雄壮，使我想到我自己，

但我不知道，独自挺立而没有朋友在身旁，它如何能吐出欢快的叶子，我知道我做不到。

《在路易斯安纳我看到一棵常青橡树在生长》

I saw in Louisiana a live-oak growing,

All alone stood it and the moss hung down from the branches,

Without any companion it grew there uttering joyous leaves of dark green,

And its look, rude, unbending, lusty, made me think of myself,

But I wonder'd how it could utter joyous leaves standing alone there without its friend near, for I knew I could not.

"I Saw in Louisiana a Live-Oak Growing" [108]

只有在身体交流失意后，惠特曼才成为一位与不可见者亲密的诗人。有时无法得到，并总是无法维持实际的性亲密，迫使惠特曼发明出与看不见的人的亲密；现时中的爱人的背信将诗人掷向在未来的爱人。因心碎而生的看不见的爱人来替代那可见的爱人，最清晰地见于1860年的《时刻持续漫长》（“Hours Continuing Long”）[520]这首在《草叶集》之后的版本中都被惠特曼压下未发表的诗。被他现实的情人所抛弃，烦乱又羞愧的说话者退缩“到一个寂寥而罕至的地方，我自己坐下来，把脸倚靠在双手中”。在这些“沉闷煎熬的时刻”，他在想“是否其他人也因相同的感受而有这相同[的时刻]”。凄惨地寻求陪伴，他将可能与他相似的人的数目减至一个： 33

> 是否有，哪怕只有一个，像我这般的人——心烦意乱——失去了他的朋友，他的情人？

> Is there even one other like me — distracted — his friend, his lover, lost to him?

而那另一个猜想的人，也是一位被抛弃的情人，成了惠特曼诗歌的读者：

> 他是否在我身上看到了自己的影子？在这些时刻，他是否看到了显影中他的时刻的样子？

> Does he see himself reflected in me? In these hours, does he see the face of his hours reflected?

这里制造了两种亲密的形式——一种主观心理的（“我身上自己的影子”），一种更客观表现的（“在这些时刻，他是否看到了显影中他的时刻的样子”）。惠特曼尚未直接与这位想象的，不仅与他相似还成了他的读者的他者对话，他也还未投射这位另一自我到一个遥远的未来：弥漫于1855年版《草叶集》的寻找一位现实的爱人的希望，仍然流连于1860年的版本里。然而在这两个版本之间，在1857年，惠特曼写了一首诗，《此刻充满生气》（“Full of life now”）[116]，其中他认
34 命地承认，在未来的读者是他最有可能拥有的爱人。

他将“此刻充满生气，结实，可见”的自己与在未来的读者对比，那将在彼时成为“结实，可见”的那个人。假设两个事物在一件事情上等同——“结实，可见”——便彼此等同，诗人可以在一个拓补的时间性中建构一场身份交换，其中过去、现在和未来的时态相互混合，指示、虚拟和祈使的情态互相交织。诗人“充满感情”（原读本）[2]地诉说，想象着他的诗歌在他死后，继续寻找一位构想的未来同伴，而那同伴也同时寻找着它们：

此刻充满生气，结实，可见，
我四十岁，合众国第八十三年，
对一个世纪之后，或任意一个之后的世纪，
对尚未出生的你，这些，寻找着你。

当你读到这些，曾可见的我如今已不可见，
现在是你，结实，可见，实现着我的诗歌，寻找着我，
想象着你会多么快乐，如果我能与你在一起，成为你的同伴；
使之如同我与你在一起。（不要太确切我此

刻与你在一起。)

Full of life now, compact, visible,
I forty years old the eighty third year of the States,
To one a century hence or any number of centuries hence,
To you yet unborn these, seeking you.

When you read these I that was visible am become invisible,
Now it is you, compact, visible, realizing my poems, seeking me,
Fancying how happy you were if I could be with you and become your comrade;
Be it as if I were with you. (Be not too certain but I am now with you.)

诗人找到一位实际可见的爱人的代价是把自己变为不可见。他成为一个幽灵,以让伙伴能够成真。《此刻充满生气》带着惠特曼与不可见者亲密的三个明确标志:诗人直接对着一位未来时间的看不见的人说话

（“当你读到这些”）；诗人能够觉察他的看不见的倾听者的思想（“你……寻找着我，/想象着你会多么快乐，如果我能与你在一起”）；以及坚信诗歌拥有传递在场感的神秘力量（“不要太确切我此刻与你在一起”）——这之前是萨满式的命定力量：“使之如同我与你在一 35
起”。渴望一个也许在此后的年岁中甚至此后数百年间都不会出生的人，如我们在霍普金斯和狄金森的例子中所见，这种感受在抒情诗里并非稀有，但惠特曼比以往和此后的任何诗人都走得更远。问题在于要在纸上赋予那样一位未来的倾听者可触碰的质感，而我们将看到惠特曼在《草叶集》的许多诗里实验着这一任务。

如我所说，使惠特曼发明在未来的同伴的各种原因中，其中之一是惠特曼在生活中的感情失意和对没有伴侣便会停止写作的恐惧。但他的弥赛亚倾向，以及他对进化和科学进步的相信，也使得他将双眼投向未来。因其是如此先定，惠特曼式与不可见者的亲密使用了多种语气。一位被弃的爱人对一位尚未出现的理想爱人说话的语气，不同于一位弥赛亚对他未来的追随者的语气,或一位老师对还未出生的学生的语气,或一位科学家公开宣称将来的自然事件的语气。大路上"粗人中的一个"(one of the roughs)对一位浮想的伙伴[1]又使用了另一种语气。在转向一位未来听者时,惠特曼的流动自我变得异乎寻常地辽阔穿透,而惠特曼与不可见者的亲密的吸引力之一,是它所引出的众多惠特曼("我辽阔广大……我包罗万象……/我抵抗任何事物好于我的多样")。[2]

惠特曼一开始是位聚焦于他人的民谣歌者和平民论倡导者。但当他将目光转向内心并发现了他真正的材料——他自己和他与世界和语言的关系——他需要选择以什么样的口吻来自我暴露,如他在《你们这些在

---

① 中文以"同伴"和"伙伴"来区分惠特曼的"comrade"和"camerado",后者音色更浓厚、粗俗,更常用以表示惠特曼的大路(open road)之歌中亲近直率的口吻。

② 《自我之歌》("Song of Myself")中最经典的宣言:"I am large... I contain multitudes... / I resist anything better than my own diversity"(*LG* 1855, lines 1315-16; p. 347)。最后一句仅在1855年《草叶集》中,抵抗更好的事物,可理解为理论意义上抵抗等级思维式的价值判断,从中亦显出惠特曼诗歌与美国平等、民主、多元思想的关联。

法庭受审的重犯》("You Felons on Trial in Courts")中的承诺("我坦露!";"I exposé!")。虽然他仍时常继续诉诸牧师布道的口吻或演说家的修辞腔,比起这些更公共的讲坛和讲台模式,他的天才偏向一种更适于隐 36
秘空间的私密语气。从这个空间他对他看不见的倾听者说:

> 此刻我要讲述秘密,
> 我不会告诉每个人但我会告诉你。
>
> 《自我之歌》
>
> [1855 年《草叶集》,第 386-387 行]

> This hour I tell things in confidence,
> I might not tell everybody but I will tell you.
>
> "Song of Myself"
>
> [*LG* 1855, lines 386-87; p. 676]

诗人未见的密友成为选中群体里的一员,当一个又一个密友被吸引到诗人身边,群体能够无限发展。在一场史诗般的自我延伸入各种人类共情之后（“我就是这人，我受了苦，我就在那儿”），《自我之歌》的诗人证明了自己有能力教导别人，他的语气成了一位老师对一群男女小学生（*élèves*）的语气：

学生们，我向你们致敬，

我看见你们无尽的队伍临近……我看见你们理解你们自己和我，

[……]

……[我的]脚步拖在你们的脚步后面却走在它们前面。

[……]

我要带所有男人和女人同我一起进入未知。

[1855 年《草叶集》，第 969－970，972，1134 行]

Eleves I salute you,

I see the approach of your numberless gangs... I see you understand yourselves and me,

[. . .]

. . . [M] y steps drag behind yours yet go before them,

[. . .]

I launch all men and women forward with me into the unknown.

[*LG* 1855, lines 969-70, 972; p. 697;
line 1134; p. 703]

外来词“eleves”(去重音的美式形式)表明这位诗人老师(poet-maître)不同于他未来的学生可能遇见的其他老师,他所授予的不是校长的演讲或慈善家的公共表演,而是一种更私密的事物,更接近血液或精液的注入:

看,我不给讲演或小小施舍,
我给的,从我自己给出。

[第 991 –992 行]

Behold I do not give lectures or a little charity,

What I give I give out of myself.

[lines 991-92; p. 698]

37 如果我们一时间想把这位说话者看作福音书里的耶稣,因为他的"看"(behold),这念头很快被打消于紧随其后的诗句中激烈的俗语亲密,像是一位军事操练的中士吼向羸弱的、有缺陷的、在未来的听者:

嘿,你! 有气无力,站得松松垮垮,打开你罩上的嘴巴让我把勇气吹进你,

摊开你的手掌,掀起你的口袋盖儿,

[第 993 行]

You there, impotent, loose in the knees, open your scarfed chops till I blow grit within you,

Spread your palms and lift the flaps of your pockets,

[line 993; p. 698]

这样一段显示出惠特曼为把身体的实体感附于他未见

的未来听众可以行至多远。他传达实体感的方式也不总是来自人的外表,如这些嘴巴和手掌。根据他过去的木匠经历,惠特曼将他未来的同伴和他自己变为两块不同长度的木材,以材料术语来表达他对同体的愿望:“[我]会拿起你,无论你是谁,刨磨到与我自己齐平。”[line 1081; p. 701]鉴于“我自己”的灵活性,读者-听者的“齐平”方位亦须不断调整。

我们看到惠特曼从一位真实的爱人转向一位看不见的爱人;从冷淡的同时代观众转向尚待到来的门徒;从当下缺席的学生转向还未出生的“eleves”。在每种情境下,诗人都承担着赋予身体现实给看不见的未来伴侣这一文学重任。在1855年的《草叶集》里,为赋予这样的现实,惠特曼有时将背景设置为实景(大路;“the open road”),发出的邀请设定了一位冒险的伙伴与另一位之间身体和精神的认同。两个成人,承诺互相帮助,被想象为存在于一个共同的现时,将走上大路去看世界,到达上帝:

我们的约会已定洽,[……]上帝将在那儿等 38

待我们到达。

[……]

我的左手勾着你的腰身,

我的右手指向大陆的风景,和一条平坦的公路。

[……]

扛起你的行囊[3],我也扛起我的,让我们赶紧前行;

我们将一路遇见奇妙城市和自由国度。

如果你累了,把两担重负都给我,把你的手心搭在我臀上休息,

稍会儿你也将同样为我服务;

因为我们出发后便不再停歇。

[第 1196 - 1197,1205 - 1206,1212 - 1216 行]

Our rendezvous is fitly appointed, [...] God will be there and wait till we come.

[...]

My left hand hooks you round the waist,
My right hand points to landscapes of continents, and a plain public road.
[...]
Shoulder your duds, and I will mine, and let us hasten forth;
Wonderful cities and free nations we shall fetch as we go.

If you tire, give me both burdens, and rest the chuff of your hand on my hip,
And in due time you shall repay the same service to me;
For after we start we never lie by again.

[lines 1196-97, 1205-06, 1212-1216; p. 705]

这里身体相互关系的标志——身体接触,给与和接受的体态往来,"行囊",和大路上承诺的第一人称复数的持存——贯穿于《自我之歌》中,如一人向另一人袒露的虚构。诗的最后,即将离开的诗人好几次焦虑地呼唤,向这看不见的他者要求一份相应的坦诚:

上面的听者！你！你有什么要向我吐露的？

[……]

老实说，没有其他人在听你，我也只再多停留一分钟。

[……]

谁愿意同我一起走？

39 你会在我走之前开口吗？你会之后发现太迟了吗？

[第 1310，1312，1319 – 1320 行]

Listener up there! Here you! What have you to confide to me?

[. . .]

Talk honestly, for no one else hears you, and I stay only a minute longer.

[. . .]

Who wishes to walk with me?

Will you speak before I am gone? Will you prove already too late?

[lines 1310, 1312, 1319-20; p. 709]

在《自我之歌》中，想象的相互关系的一个诱人的感染力，是朋友或爱人间的亲密交谈中隐含的肯定慰藉。虽然惠特曼叫着“上面的听者”，那位纵向位置的听者却可能要么在此刻对诗人隐形，要么在未来等待着诗人。

在《自我之歌》最后，绝妙想象的说话者离去进入虚空后，相互交谈中所期许的亲密也需要消失。诗人成为他土生土长的土壤的一部分，他的身体从其所来之处回到了“尘土”（dirt）——美国版的亚当的尘埃（dust）中。此前身体抚触的亲密重现在靴底与尘土的接触中：

> 我把自己遗赠给尘土，再从我爱的草叶中生出，
> 如果你再次需要我，在你的靴底下找寻我。
>
> [第1329-1330行]

> I bequeath myself to the dirt to grow from the grass I love,

If you want me again look for me under your bootsoles.

[lines 1329-30; p. 710]

不满足于被皮靴阻隔了真正触碰的亲密，惠特曼想象从草叶中长出的自己成为他未来读者的肉体，从草叶变体为他的肉和酒：

你很难知道我是谁，或我的含义，
但无论怎样，我仍将助你健康，
滤净和充实你的血液。

[第 1331 －1333 行]

You will hardly know who I am or what I mean,
But I shall be good health to you nevertheless,
And filter and fibre your blood.

[lines 1331-33; p. 710]

这个特别的承诺模仿了圣餐的亲密，其中圣灵通过肌体滋养的方式爬进心脏的血液。[4] 如果他的准读者还
40 未找到诗人，他必须模仿基督徒的朝圣，去找出他看不

见的朋友。惠特曼以最后一个承诺结束《自我之歌》,无不似耶稣在升天之前对他的门徒的许诺:

开始没能找到我,不要灰心,
在一处错过了我,去别处寻,
我停留在某地等着你。[5]

[第 1334 - 1336 行]

Failing to fetch me at first keep encouraged,
Missing me one place search another,
I stop some where waiting for you.

[lines 1334-36; p. 710]

长久以来都在孤独中等待一位现实的伙伴在这片土地上找到他,惠特曼如今扭转角色,在大路上将自己置于未来的伙伴之前,等着听者来找出他,赶上他。如他此前在《自我之歌》所说,"我的脚步拖在你们的脚步后面却走在它们前面"[line 972;p. 697]。

在现在以其 1871 年版的标题《睡眠的人们》("The

Sleepers”)为名的这首伟大的诗中,惠特曼最为独特地探索了与看不见的未来人类的亲密性的可能语法。最初为1855 年版《草叶集》中未命名的十二首诗中的第四首,此诗在 1856 年名为《夜晚之诗》(“Night Poem”),在 1860 年名为《睡眠追踪》(“Sleep-Chasings”)——它最为准确的名称。《睡眠的人们》是它的内容之名,《睡眠追踪》是它的风格之名。惠特曼在这里列举了在《草叶集》“长长的前景”(如爱默生给惠特曼的第一封信里所称)这些年间,在许多梦境中发生在他身上的看不见的亲密。《睡眠的人们》幻想在地球上所有的自我的陪伴中睡眠和做梦——诗人的洞察力具体化为他人的生活。睡眠的人们不知道诗人的在场,他进入他们的床:

> 我从一张床走到另一张床……轮流着,我与入睡的人一一紧依相眠,
>
> 41 我在我的梦里梦到所有其他做梦人的梦,
>
> 我成了其他做梦人。

《睡眠的人们》

[1855 年《草叶集》,第 29 - 31 行]

I go from bedside to bedside… I sleep close with the other sleepers, each in turn,

I dream in my dream all the dreams of the other dreamers,

And I become the other dreamers.

"The Sleepers"

[*LG* 1855, lines 29-31; p. 724]

自我悄然地潜入其他人的梦中,无论这种想象的亲密如何强大,这般无意识的交易不能给出相互或对应的关系;于是在进一步的幻想中,惠特曼创造了一群可与之嬉戏的移动的、非常清醒的、超自然的空灵同伴。这些"敏捷的幽灵"在三种元素的域界——地面,海洋和天空——与他玩捉迷藏("躲藏又躲藏"〔cache and cache again〕来自法语的捉迷藏"*cache-cache*")。他的本土精灵(*genii loci*)隐蔽在通常感知之外,但没有逃过诗人:"在我面前他们什么也藏不住,即使他们能也不会。"他与他们的亲密是相互的,是一种嬉戏的地位互换;他说他是他们的"头儿"(boss),但他们将他变为身旁的“宠物”(pet),反过来冲他行使权威。① 这些模棱两可的精灵跑在他前面,以性亲密的姿态为他并只为他掀起他们“狡猾的遮掩”:

他们的活儿做得很好,这些神仙能手,
只有在我面前他们才什么也藏不住,即使他们能也不会。
我想我是他们的头儿,而他们将我当作身旁的宠物,
围绕我,领着我,在我行走时跑在前面,
掀起他们狡猾的遮掩,展开的双臂向我示意,再接着走;
我们向前行进,一伙欢快妖艳的流氓伴着嘻嘻哈哈的音乐和狂拍乱打的快乐三角旗。

[1855 年《草叶集》,第 36 - 41 行][6]

Well do they do their jobs, those journeymen divine,

① 见本书第 82 页译注。

Only from me can they hide nothing and would not if they could.

I reckon I am their boss, and they make me a pet besides,

And surround me, and lead me and run ahead when I walk,

And lift their cunning covers and signify me with stretched arms, and resume the way;

Onward we move, a gay gang of blackguards with mirthshouting music and wild-flapping pennants of joy.

[*LG* 1855, lines 36-41; p. 724-25]

在这个异常狂欢的时刻,我们看到一种只能与一“伙” 42
神仙玩伴、男性缪斯才可实现的群体亲密。这种相互关系是多向而非双向的,不仅包含各种角色扮演(同时作为头儿和宠物),也包含捉迷藏的欢快、法外之乐、音乐之乐。

在《睡眠的人们》里,空中的美妙游行并不比占据睡梦中的他人的床更持久。放下与想象同伴的群体亲密,如他放下对一位真实爱人的希望,诗人承认,最终,想象的黑暗是比精灵或普通人更好的爱人。惠特曼戴上一个女人的面具，以表达与男性情人性交的不满；女人转离她的人类伴侣，将黑暗本身当作她的爱人：

> 黑暗，你比我的情人更温柔——他的肉体汗津津，喘吁吁，
>
> 在他离开我后，我仍觉温热潮湿。
>
> [第 51－54 行]

> Darkness you are gentler than my lover—his flesh was sweaty and panting,
>
> I feel the hot moisture yet that he left me.
>
> [lines 51-54; p. 725]

诗人的睡眠追踪结束于没有任何男性情人在眼前，无论单个或群体，真实或无形，现在或未来。说话者如今孑然一身，发现黑暗不是情人或伙伴，而是他的母亲，情欲在回归黑夜的子宫中得以升华和抹除，出生前完全共生的亲密，永不会被复制。在《睡眠的人们》尾声，看不见的倾听者是“睡眠”，无所不包的母亲，向先知说

话人保证黎明的重生：

我将按时度过白天，啊，我的母亲，再按时回到你身边；

[……]

子宫生出婴儿的时刻，也不比我将被你生出的时刻更确定。

[1855 年《草叶集》，第 202、204 行]

I will duly pass the day O my mother and duly return to you;

[...]

Not the womb yields the babe in its time more surely than I shall be yielded from you in my time.

[*LG* 1855, lines 202, 204; p. 731]

《睡眠的人们》中，惠特曼仍将他所寻求的与真实的人 43
的亲密(也偶尔觅到，如我们在“第一次甜蜜之食和甜蜜之饮”中所见)与各类想象的亲密相比较：与田园般“神仙能手”的多向亲密(它们再也没有在惠特曼的作品中出现)；与“黑暗”的超越世间情人的幽暗亲密；与包容一切的母亲的原初婴儿般亲密。在温柔的窥视中,《睡眠的人们》是惠特曼对与现时真正活着的人结合的终极尝试,但这尝试并不完全令人满意,表露在最终的离去转而投入与不可见者的幻想的亲密。身体的相互关系虽在《睡眠的人们》中有动人的表现,却似乎并不为说话者本人可拥有,他只能在他人身上看到其乌托邦式的和解的形式——在华盛顿拥抱他的军队中,在诗人的母亲与美丽的印第安女人坐在一起时,在成对的熟睡者身上。而且,诗中没有一处身体亲近伴随着性交;那种可能性在睡眠者的无意识中成为不可能:

> 睡眠的人们非常漂亮,没穿衣服地躺着,
>
> [……]
>
> 女孩赤裸的臂膀搭过她情人赤裸的胸膛,他们紧贴在一起,没有色欲,他的唇贴着她的颈,
>
> 父亲以无限的爱将他长大或未成年的儿子搂在怀中,儿子以无限的爱将他的父亲搂在怀中,

母亲的白发在女儿的白手腕上闪亮，
男孩的呼吸跟着男人的呼吸，朋友搂着朋友。

[第 161, 165 – 168 行]

The sleepers are very beautiful as they lie unclothed,
[. . .]
The bare arm of the girl crosses the bare breast of her lover, they press close without lust, his lips press her neck,
The father holds his grown or ungrown son in his arms with measureless love, and the son holds the father in his arms with measureless love,
The white hair of the mother shines on the white wrist of the daughter,
The breath of the boy goes with the breath of the man, friend is inarm'd by friend.

[lines 161, 165-68; p. 363]

惠特曼式对应关系的重要信号，表身体与身体相连的相同词语的重复，在这儿展露无遗："赤裸……赤裸"， 44
"贴……贴"，"搂……搂"，"在怀中……在怀中"，"以无限的爱……以无限的爱”,“白……白”,“呼吸……呼吸”,“朋友……朋友”。没有任何一组成对的人的亲密对孤独的诗人开放,在诗的最后一行,他只能在黑夜里找到一位听者,他不可见的母亲:“我将按时度过白天,啊,我的母亲,再按时回到你身边。”

《睡眠的人们》是惠特曼渴望实际生活中的亲密与互动的杰出的向往之诗。只有至少暂时地放弃当下的欲望,他才能写下最伟大的亲密之诗,与看不见的在未来的同伴——1856 年的《过布鲁克林渡口》(“Crossing Brooklyn Ferry”),最初叫《日落之诗》(“Sun-Down Poem”)[pp. 135-40]。[1] 其中,惠特曼面临的困难在于要为不可见者创造一个身体形态。乔治·赫伯特在情感欲望产生的亲密语气中得到满足,并没有——实际上是不能——考虑去描述与之发展关系的看不见的存在的身体,惠特曼——坚持身体即灵魂——需要赐予未来的听者一个能真实活动的真实身体。活着的——无

---

① 惠特曼一生对《过布鲁克林渡口》改订过多次,本章对此诗的讨论基于 1856 年版,与从后期版本译入中文的通行译本有出入。

意识的——睡眠者可以被惠特曼安排成渴望的——也使惠特曼痛苦的——相互搂抱的姿态。但那些不动的睡眠者不能进行任何真实活动，也就不能成为诗人为自己想象的实体同伴。以想象力巨大的飞跃，寻求着他自己未来的化身，惠特曼把无尽的人群作为他的代理，他们将在他们的白日登上布鲁克林渡轮，就像他在此刻日落时分所为。他把人群投射到一个可信、牢靠、不容置喙的未来时空，已由拥挤渡轮自有的至福的确
定时刻表和每日日落的环境规律所排定下。如果惠特 45
曼自己真的在布鲁克林渡轮上，那么那些不可见却可预见的，日落时分的未来乘客也将在那儿。

《过布鲁克林渡口》容纳了几次在没有作者预设下神奇达到的、连贯而后消散的呼语亲密。序曲（第一节）中第二人称的对话者不是人而是环境："我脚下的潮水！我面对面地见到你！/西边的云——那儿太阳半小时高——我也面对面地见到你。"随后，一个音的微变，"云"（clouds）变为"群"（crowds），这囊括的新交谈对象：人群此刻在渡轮上围绕着惠特曼："普通穿着的成群的男人和女人啊，我对你们是多么地好奇！"没

有任何间断，人群成了未来的同样的人群："我与你们在一起，你们这一世代的男人和女人，或此后许多世代。"正是在此时，惠特曼开始构建——以并行模式"正如你们，我也"的同义反复用词——未来的渡轮乘客的身体。强调自己"很多很多次渡过河流"，他通过重述自己的行为来保证同样的行为在未来可以复现。

惠特曼将他未来的代理人带入感官存在最精妙的方式是以现在时表示未来，以过去进行时表示他自己的现在，将自己变为他们过去的前辈。他说，**他**在很久以前，"旧时"，渡过河，而他的代理人**现在**正在渡过：是**他们**行动在生动、可见、直接的现在：

> 正如你们在看向河流和天空时所感受的，我也曾这般感受过，
>
> 正如你们每个人都是鲜活人群中的一个，我也曾是人群中的一个，
>
> 正如你们为这河流的欢腾和晶莹水波而焕然一新，我也曾焕然一新。

Just as you feel when you look on the river and sky, so I felt,

Just as any of you is one of a living crowd, I was one of a crowd,

Just as you are refresh'd by the gladness of the river and the bright flow, I was refresh'd.

将未来变为现在的“正如你们……我也”模式被重复的 46
“我也”替代,支配着中性动词“见过”和“看过”,保持在第三节之后的部分。视觉的恒常下,当眼睛收入空气、水和风景的元素——阳光、船舶、铸厂烟囱,所有被看和被见之物都成为变量。所有景象之中有一个特别显著:“我也”诗人在一句眼花缭乱的诗行中说,“看过那环绕我头影的细密离心的光之辐条在阳光照耀的水中。”这自然的光晕挪用了传统上以太阳或阳光作神圣光环的图像表现形式,由从诗人自己的头离心流溢出的光之辐条构成,好像它们是从他的大脑里散发出的思想,倒影在水中成为可见。这个转形的图像证明着《过布鲁克林渡口》在何等程度上是一首明确赞颂神圣人性的诗。

在第四节中，惠特曼继续坚持自己完美地等同于他在未来的对应人物，但他放下了直呼的“你们”进而转向一个更哲学的层面，开始以第三人称指代将至的渡轮乘客为“其他人”（如他在第二节中所为），使他们与他在实际现时横渡中的直接同伴有所距离：

> 我曾见过的男人和女人都在我身旁，
>
> 其他人也一样——其他向后回看我的人，因为我曾向前看过他们，
>
> （那时刻会到来，虽然我今日今夜在这里停下。）

> The men and women I saw were all near to me,
>
> Others the same—others who look back on me because I look'd forward to them,
>
> (The time will come, though I stop here to-day and to-night.)

完成了一个跨越时空的美妙相互性的宣言，诗人同那些“向后回看我，因为我曾向前看过他们”的人相连，惠

特曼向前奔涌,回到之前的直呼形式“我也”,这次——以死后的视角——对他的听者强调他自己的,既是心 47
理的也是客观的,时间现实和存在现实:

我也曾生活过,广袤山峦的布鲁克林曾是我的;
[……]
我也曾感受过离奇突兀的疑问搅动我内心,
[……]
我也曾因由我的身体获得过自我。

I too lived, Brooklyn of ample hills was mine;
[. . .]
I too felt the curious abrupt questionings stir within me,
[. . .]
I too had receiv'd identity by my body.

这不动声色的自豪声明后是自我墓志铭,更具哲理完整性,其中诗人表示,在活着时,曾意识到身体对他个体存在的基础角色，和在他随之展开的生活中同等重要的角色：

> 我昔所是，我已知是之于我身体，我之将是，我已知我将是之于我身体。

> That I was I knew was of my body, and what I should be I knew I should be of my body.

惠特曼慰藉的“我也”此时指向了“你”，缩小为一个单数而非复数的对话，在“其余”人类同类之中与惠特曼设定在一起：

> 不只是在你身上才落下斑斑黑影，
> 黑暗也把它的斑影落在了我身上；
> [……]
> 也不是只有你才知晓什么是邪恶；
> 我是那曾知晓邪恶曾是什么的人；
> [……]

跟其余人活过同样的生活，同样老旧的欢笑，苦恼，睡眠……

It is not upon you alone the dark patches fall,
The dark threw its patches down upon me also;
[...]
Nor is it you alone who know what it is to be evil;
I am he who knew what it was to be evil;
[...]
Lived the same life with the rest, the same old laughing, gnawing, sleeping...

惠特曼仍以不同的时态表述成对的两个人，将自己与他未来的听者分开："你知道……我曾知道。"不过，在第七节，惠特曼渐渐地与他想象的渡轮上的替代者开始居于同一时态，开始体验真正的亲密中所感到的无形的情绪。时态的区别最初仍保留下来："你有……我曾有。"但以一个问题，诗人同他的倾听者，估约是面对面地，开始处于一个不确定的现在时的抒情"此刻"：

48 谁能知道，纵有这所有距离，此刻我几乎正看着你，纵然你看不见我？

Who knows, for all the distance, but I am as good as looking at you now, for all that you cannot see me?

现在时的观看成为惠特曼近乎性行为的灌注自我，他的对话人回以观看，即便看不见。相互（性的）辨识这一人类奥秘被类比为语言在传递意义时变形的流动：

什么比这更精微，它将我与那看着我的脸的女人或男人相连？

它此刻把我灌注进你，并把我的含义倾注进你？

What is more subtle than this which ties me to the woman or man that looks in my face?

Which fuses me into you now, and pours my meaning into you?

这一幻想引发出《过布鲁克林渡口》中最为亲密的时刻,诗人终于可以使用曾在《我们俩》中那般快乐地变换使用的第一人称复数:“我们理解,不是吗?”在他随后对大海和光的狂喜呼语中,诗人的光晕分发给任何一位跟他一起上了渡轮的人:

接受这夏日的天空吧,流水啊,忠实地留住它直到所有低垂的眼睛有空将它从你那儿取走!

发散吧,细密的光之辐条啊,从我的头影,或任何人的头影,在阳光照耀的水中!

Receive the summer sky, you water, and faithfully hold it till all downcast eyes have time to take it from you!

Diverge, fine spokes of light, from the shape of my head, or any one's head, in the sunlit water!

为了哀挽的真实性,惠特曼必须放弃他的终极幻想:一位看不见的伙伴——遵循着诗人设定的模板——在未来进行等同于诗人自己的身体动作。在

《过布鲁克林渡口》抽象而又克己的尾声，如在序曲里，
对话的复数“你们”不是人而是物质世界的表象。惠特
曼的精神伴侣不再如《睡眠的人们》里那样是在空中嬉
49 戏的幽灵，而是他的环境中无声的物质现象，靠感观识
别的物体。它们构成了“必要的薄膜”包裹灵魂；它们
是灵魂能被人所知的唯一方式。由感官吸收的现象不
会放弃诗人，永远不会背叛，也不是幻想中的事物；它
们持久如诗人所有言词的耐心而不苛求的支持。惠特
曼以爱人的亲密口吻对它们说：

你们曾等候过，你们一直等候着，你们这些沉默、美丽的使者，

我们最终接受你们，以自由的感观，从此不知满足……

我们不测度你们——我们爱你们——完美也在你们之内，

你们向永恒供献出你们的部分，

伟大或渺小，你们向灵魂供献出你们的部分。

You have waited, you always wait, you dumb, beautiful ministers,
We receive you with free sense at last, and are insatiate henceforward...
We fathom you not — we love you — there is perfection in you also,
You furnish your parts toward eternity,
Great or small, you furnish your parts toward the soul.

在对地球馈赠的赞颂中,我们意外地碰见了“永恒”一词。这使我们意识到,只有在一个持久存在并一直可得的永恒中,惠特曼亲密的“我们”才能够包含他自己和将到来的乘客同伴。诗人虽勇敢地构想未来的理想伴侣,一个行动上重复诗人自己的肉身,却只能在人类陪伴之外结束《过布鲁克林渡口》,孤独地身处地球美丽而沉默的表象之中。

到1860年,惠特曼知道,如他在《从加利福尼亚海岸面向西方》(“Facing West from California's Shores”)中所暗示,哪怕他搜寻遍整个世界,也不会找到他所寻求的人类知己,虽然这正是他求索的动机:

漫游了整个地球,
如今我又面向故里,非常满意,快乐,
(可我许久之前出发去寻求的东西在哪里?
为什么还没有找到?)
《从加利福尼亚海岸面向西方》

Round the earth having wander'd,
Now I face home again, very pleas'd and joyous,
(But where is what I started for so long ago?
And why is it yet unfound?)
"Facing West from California's Shores" [p. 95]

与人相伴的受阻,使惠特曼感到——像在《睡眠的人们》结尾——被与死亡的亲密所吸引。在《我胸口的香草》("Scented Herbage of My Breast")中,他的草叶变为多年生"坟墓之叶"。最初,诗人将他对死亡的迷恋换置入向着自己的诗歌和它们神秘掩埋的根的对话,但他的注意力不知不觉移向死亡本身:

你们常常苦涩得使我难以忍受,你们烧灼、刺

痛我，

可你们于我是美丽的，你们这些微淡的根须，你们叫我想到死亡，

从你们而来的死亡是美丽的（真的，除了死亡和爱，还有什么终是美丽的？）

啊，我想我在这儿唱出的我的爱人之歌不是为了生命，我想它一定是为了死亡，

[……]

（我不确定，但爱人的崇高灵魂最欢迎死亡，）

真的，啊，死亡，我想现在这些草叶的含义与你的含义完全一样，

[……]

那便给我你的音调，啊，死亡，以让我同它共鸣。

《我胸口的芳草》

You are often more bitter than I can bear, you burn and sting me,

Yet you are beautiful to me you faint tinged roots,

you make me think of death,

Death is beautiful from you (what indeed is finally beautiful except death and love?)

O I think it is not for life I am chanting here my chant of lovers, I think it must be for death,

[. . .]

(I am not sure but the high soul of lovers welcomes death most,)

Indeed O death, I think now these leaves mean precisely the same as you mean,

[. . .]

Give me your tone therefore O death, that I may accord with it.

"Scented Herbage of My Breast" [p. 98]

活着的诗人怎样来充分地构想死亡,才能以如此亲密的语气与其对话,使其成为他的看不见的倾听者之一?惠特曼首先将死亡同化为爱过的同伴,地球上那些"沉默,美丽的使者",构成他对生命和自我的知识的那些现象。因为它们是尘世的生灵,它们的本性预
51 定了它们必然的消亡。那么,认识它们,他就已认识了

死亡,认识到足以直称其为"真实的现实":

……你隐藏在这些变化的生命形式之中,为种种原因,……而它们主要是为了你,

……你超越它们显现,留驻为真实的现实,

……在物质的假面后面你耐心地等待,无论多久,

……你在某天可能会掌控一切,

……你可能会消散这整个表象的盛景。

... You hide in these shifting forms of life, for reasons, and ... they are mainly for you,

... [Y]ou beyond them come forth to remain, the real reality,

... [B]ehind the mask of materials you patiently wait, no matter how long,

... [Y]ou will one day perhaps take control of all,

... [Y]ou will perhaps dissipate this entire show of appearance.

[p. 99]

惠特曼对演化进步的观念在这里已经反转，反而预见到了朝向熵的退化，这个过程中死亡会消解所有的形式、所有的表象。仍对着死亡诉说，诗人让出他的整个宇宙给灭绝，给意义的消除，死亡延伸出来吸收他所能见到的所有时间：

……也许你就是它存在的所有原因，但它不会持存很久，

但你将长久持存。

... [M]ay-be you are what it is all for, but it does not last so very long,

But you will last very long.

[p. 99]

在惠特曼的战前诗歌中，对人际亲密的原初愿景，无论是与有形者还是与无形者，都在不断地抵抗向死漂移的与非存在的亲密。尽管诗人在《对表象的极度怀疑》("Of the Terrible Doubt of Appearances")里声称，

所有对表象和现实的怀疑都“被我的爱人，我亲爱的朋友，奇妙地回答了，……/他握着我的手，完全地满足了我”[p. 103]，他也承认，对田园情色诗的这种信任在每个人身上亦被反驳，被“那可怖的，可怖的恐惧，害怕他所爱之人会暗地里对他无动于衷”[《此后年代的记录者》（“Recorders Ages Hence”），p. 104]。对表象的极 52
度怀疑此时甚至可以破坏对在未来的代理人的幻想。在题目中问《你是那被我吸引的新人吗？》（“Are you the New Person Drawn toward Me?”），惠特曼劝走了潜在的倾听者，并补充道：“啊，做梦人，你没有想过这可能都是摩耶①，都是幻象吗？”[pp. 105-6]没有满意的情人在曼哈顿，城市在这些时刻看上去也带着仇恨和敌意，哪怕这恐惧之后，诗人在乌托邦的梦中见到了一座不一样的城市，一座“地球其余地方联合攻击也无法征服”的城市，一座“新的朋友之城”[p. 113]。实际情欲生活叫人沮丧的变动抹去了“战栗的渴望接触的痛”

① 摩耶（“maya”）来自梵文माया，*māyā*；最主要意义为“幻影”，是吠陀文学和印度宗教里的重要概念。

[p. 113]和城市乌托邦的延伸,爱人惠特曼衰退为弥赛亚领袖惠特曼,反对着自己的"论证,比喻,韵律"而指望着"灵魂的前行":

> 无论谁拒绝我,都不会困扰我,
>
> 无论谁接受我,他或她都将受祝福,并将祝福我。
>
> [……]
>
> (我和我的同伴不用论证,比喻,韵律来说服,
>
> 我们以我们的存在来说服。)
>
> [……]
>
> 走吧! 向着那没有尽头也没有起始的路。
>
> [……]
>
> 为了灵魂的前行,一切都要让路。
>
> 《大路之歌》[第67-68,138-139,166,181行]

> Whoever denies me it shall not trouble me,
>
> Whoever accepts me he or she shall be blessed and shall bless me.

[...]

(I and mine do not convince by arguments, similes, rhymes,
We convince by our presence.)

[...]

Allons! to that which is endless as it was beginningless.

[...]

All parts away for the progress of souls.

"Song of the Open Road"
[lines 67-68, 138-39, 166, 181; p. 181]

当内战惊怖的悲痛突然需要表述，惠特曼在 1855 年、1856 年和 1860 年所想象的多重亲密——与情人的，与期待的朋友伙伴的，与睡眠的人和幽灵的，与看不见的未来的渡轮乘客的，与“沉默，美丽的使者”的，与湮灭的死亡的——都在震动中悬置了。战场上和医院里士兵的死亡开始取代了惠特曼自己幻想的未来。 53
亲密口吻当然不会完全消失，但变得丧气：他向他的伙伴道歉，“毫不知道什么是我们的目的，/或我们是否会胜利，或被完全镇压，战败”［《我把头靠在你腿上时，伙伴啊》(“As I Lay with My Head in Your Lap Camerado”),p. 271]。新形式的亲密话语在战争背景中不可避免地出现,如《战营一夜我的奇怪守夜》(“Vigil Strange I Kept on the Field One Night”)里。但这样的诗运用的是已在世代的悼挽中固定下来的传统哀歌呼唤。诗人与死亡的孤独交流被迫扩展为集体的挽歌,在《丁香最近在前院开放时》(“When Lilacs Last in the Dooryard Bloom'd”)最后唱起的“颂歌”——与死亡对话的语气没有了像在《睡眠的人们》里那样的双向的亲密,而是置身于“战争中所有阵亡士兵的累累残骸”中[p. 283]。

战后,惠特曼在反思自己作为他的时代的记录者和时代之声的传递者时,许多作品开始具有回顾性。我们看到,在1880年,他向我们展示他大脑中的画面,起初以他的颅骨“画廊”里一位“导游”的非个人语气对我们说话;他是一位解说,对着未来的他的看不见的听众,不仅介绍存储在他脑海中的回忆,还介绍作为他们的阐述人的他本人:

在一所小房子里我悬挂着图画,它不是一所固

定的房子，

它是圆的，从一边到另一边只有几英寸；

但是看哪，它可以容下世上所有的场景，所有的回忆！

这儿是生活的群像，这儿是死亡的合集，

这儿，你们知道这个吗？这是导游本人，

他举起手指指向浪子的图画。

《我的画廊》

In a little house keep I pictures suspended, it is not a fix'd house,

It is round, it is only a few inches from one side to the other;

Yet behold, it has room for all the shows of the world, all memories!

Here the tableaus of life, and here the groupings of death;

Here, do you know this? this is cicerone himself,

With finger rais'd he points to the prodigal pictures.

"My Picture Gallery" [p. 338]

54 惠特曼诗歌自我的物质身体存在至最后，不仅在颅相学视角的人类头部（“圆的”，“从一边到另一边只有几英寸”），还在意料之外的欧式美术馆的代表——导游——成了惠特曼的第三人称代理，通过他的身体姿态和指向的手指而得以具体化。惠特曼对想象的观者的第二人称问话，一种突然牵入的亲密——“这儿，你们知道这个吗？”——将我们带到一个与导游的介绍同时的现时，而浪子的图组，同创作它们的诗人的时代，退入美术馆所展示的过去。然而，导游与观览游客的关系很难是亲密的。惠特曼后期对伙伴的渴望不太急切，更是默想，如在 1871 年的《向印度航行》（“Passage to India”）里，灵魂找到上帝，“目标实现了，/友情满溢，爱完整，长兄找到，/幼弟融化在深情的怀中”[p. 352]。在这个死后的拥抱中，兄弟之间无需语言：词语在这无声的手足之亲中没有交流性。虽然在《向印度航行》的尾声，如在《过布鲁克林渡口》的结尾一样，惠特曼转而与宇宙元素对话，视线中的物体却很辽远（“啊，太阳和月亮和你们所有星星！”[p. 353]），已失去了语言的亲密。

最后，当年老体衰的诗人担心他已耗尽了他的表
达储备，他想象自己热烈的言语解体为原子，组成它们
的金属铅字的单个字母。在他去世前三年，惠特曼这
位从前的印刷工看着一副铅字，感到铅的“灰白的长
条”之中，一窝未来的“未发出的声音”正待爆发出愤怒
或争论，赞美，邪睨，或祷告。在提供材质之外，铅字字
体——诗人惠特曼提醒我们——还可以产生风格。不
只是每个词，还有惠特曼式的洋面般的诗行，时而喧嚣 55
时而宁静，微睡在铅字中尚未醒来。《一副铅字》（“A
Font of Type”）虽然没有像老手法那样产生一位未来的
诗人并与之对话，即便以无动词的陈列句法，却是一首
拥有炼金术魔力的诗，印刷工的铅字字体名——无双，
简小，布尔乔亚，长读本——被开采，转化为激情洋溢
的声音的黄金：

> 这潜藏的金矿——这些未发出的声音——激情的能量，
>
> 愤怒，争论，或赞美，或滑稽斜睨，或虔诚祷告，

（不仅仅是无双，简小，布尔乔亚，长读本，）①
这些海浪可以激起狂怒，死亡，
或缓和为闲悠，明亮阳光，熟睡，
休眠在灰白的长条里。

This latent mine — these unlaunch'd voices — passionate powers,
Wrath, argument, or praise, or comic leer, or prayer devout,
(Not nonpareil, brevier, bourgeois, long primer merely,)
These ocean waves arousable to fury and to death,
Or sooth'd to ease and sheeny sun and sleep,
Within the pallid slivers slumbering.

[p. 427]

即使在死神门口，惠特曼仍是位未来诗人，像印刷店的导游一样指向人类对话的声音——愤怒或争论，赞美或祷告——它们休眠在临时分配的字体盒里，直到被

① 分别为传统印刷中六点、八点、九点、十点活字的叫法。

一只创造的人手叫醒，将铅字字条组装为字词和句行。这些声音也在他身上休眠，仍然推动他的诗歌力量连起字母，将他的灵魂发送进这些铅字字母所化身的言词行为中；可在他虚弱的最后岁月，惠特曼不再有精力写出潜藏在铅字字体之下的诗歌，这首诗成了给他的诗歌自我的隐秘挽歌。

在1891年“临终版”《草叶集》最后一首诗里，我们遇见——如预料般——对一位看不见的倾听者的密语，但既不说与一个未来代理，也不说与死亡。对着他自己的想象，他的“Fancy”，惠特曼选用了经典悼挽的“致意与辞别”（*Ave atque Vale*）——“你好和告别”（Hail and Farewell）——但个性地将之转变为乐观的“告别和 56
你好”（Farewell and Hail），并把英式“告别”（Farewell）转为美式的“再见”（Goodbye）。尽管这首诗留给了追忆，却仍结束于看向未来的一眼——“再见——你好！我的想象！”[p. 468]。叶芝晚年的一封信里写到，最后一吻要给虚无。而对惠特曼，最后一吻要给未来。如此强烈地想象未来为实体存在——为渡轮乘客，为铅字字体，为不朽想象——惠特曼创造的与看不见的倾听者的亲密对话坚实地结合了它们的实体性，以及他与它们的精神联结，带给抒情亲密感以情欲化的、朝向未来的新语气。

如果我们以惠特曼的幻想世界来构建一个实际社会的伦理环境，我们会发现这个世界将认可和珍视一切形式的情感连系，无论是爱人对爱人，老师对学生，还是裹伤者对伤员。诗人为我们设想的模式，如果我们去实践，会通向社会宽容和共情凝聚。有时很难想起，在他的大多数诗中，他都没有看得见的对话者——这即是惠特曼的亲密语气。他在纸上的喷涌、倾注和灌注如此使人信服，以至我们都忘记了，它们要向外流入未知，像那些环绕他被照亮的脸的光之辐条，像那些他的无声忍耐的蜘蛛发送到“空旷四周”的细丝。如果他的社会想象的抒情诗在对我们——他的看不见的未来倾听者——说话时打动了我们，那是因为他如此清晰地看见了应有的，和在他思考的民主想象中已有的亲密伦理。

注释

[1] 所有引文均来自 Walt Whitman, *Leaves of Grass and*

Other Writings, ed. Michael Moon (New York: Norton Critical Edition, 2002),在行文中引用页码。在引用长诗时,诗句行数将引用在页码之前。必要时,涉及的《草叶集》的版本日期也会给出。当我把一首诗的说话者称为“惠特曼”或“诗人”时,我自然是指《草叶集》的主角这位虚构人物。

“之后是最好的酒”这句话渎神地,至少是超越了价值地隐射在迦拿的婚宴,在葡萄酒耗尽之后,耶稣将水变成了酒,被称为最好的酒。

[2] 原读本可见于 Walt Whitman, *Leaves of Grass: Comprehensive Reader's Edition*, ed. Harold W. Blodgett and Sculley Bradley (New York: New York University Press, 1965), 136。

[3] 惠特曼后来修改了这句诗行,包括进了呼语“亲爱的儿子”,表明这两位伙伴一老一少。在 1855 年的原版中,语气尽管可能是一位新人对一位“学生”(eleve),却并不存在家人的称号将同伴情谊分离出情欲界。

[4] 赫伯特在《圣餐礼》中(对上帝)说道,祂并没有“以富贵家具,或精美展示”将祂自己传达给诗人,而是“以滋养和 89
力量/ 祢潜爬进我胸膛”[*Works*, 52]。

[5] 可再次参考赫伯特,《救赎》(“Redemption”)中,灵魂寻找上帝:“在天堂他的庄园,我把他找寻;/……知道他伟

大的出生/在热闹的场所一一把他找寻;/在城市、剧院、花园、公园和宫廷。”当朝圣者在“盗贼和杀人犯的/破烂的喧哗和欢笑”中找到他的主时,他被告知,“你的讼案被许了” [*Works*, 40]。而在《朝圣》(“The Pilgrimage”) [*Works*, 141-52] 中,如我们此前所见,找寻未获回报。

[6] 这是霍普金斯可能模仿过的一段,在《自然是赫拉克利特之火,复活的安慰》(“That Nature Is a Heraclitean Fire and of the Comfort of the Resurrection”)中,他描绘一场风暴后动荡的天空:

> 云-马勃菌,撕破的簇草,扯烂的枕头 | 招摇而出,再追逐在一个大气-
>
> 铺建的通道:天堂-嬉闹者,欢艳-成群 | 他们蜂拥;他们闪亮游行。

> Cloud-puffball, torn tufts, tossed pillows | flaunt forth, then chevy on an air-
>
> built thoroughfare: heaven-roysterers, in gay-gangs | they throng; they glitter in marches.
>
> [*Poetical Works*, 197]

三　约翰·阿什伯利和过去的艺术家

写作《凸镜中的自画像》时期的阿什伯利

正如我们看到的，很多抒情诗的说话者都用一种亲密的方式对看不见的倾听者发言。在乔治·赫伯特的作品里，看不见的倾听者是上帝，在惠特曼的作品里则常出现一位未来的倾听者。阿什伯利是那种在过去的倾听者那里寻求亲密感的诗人，约翰·贝里曼也是如此：贝里曼有安妮·布莱德斯崔特，阿什伯利有帕米贾尼诺。①跟惠特曼一样，阿什伯利构想出第二个看不见的倾听者——他的读者，他的很多诗都敏锐地意识到这个倾听者的存在。《凸镜中的自画像》是阿什伯利 57

① 安妮·布莱德斯崔特（Anne Bradstreet，1612－1672），北美殖民地时期的女诗人。帕米贾尼诺（Girolamo Francesco Maria Mazzola Parmigianino，1503－1540），十六世纪意大利画家。

长篇的“论诗艺”之诗，它内在地依赖于诗人和他倾诉的对象（一位死去很久的画家）之间建立的亲密关系。在这里，我不但要评论阿什伯利在这首诗里发言方式的变化，而且要探讨他如何让社会生活的伦理进入抒情诗的语言空间。

跟艾伦·金斯堡、艾德里安·丽奇、威·斯·默温或其他同代人的方式不同，阿什伯利没有致力于明确的政治行动或评论。因此，有时人们会认为他在社会问题上表现得很冷漠、唯我和自恋。我认为这种看法是不正确的。对于这种批评，具有反讽意味的是，阿什伯利在形式上最大的贡献就是把一套巨大的社会语汇带进了抒情诗，它既包括英式英语，又包括美式英语——大众言论、报章俗套、商务和科技用语，以及对流行文化和经典作品的征引。在阿什伯利的诗句里，词语经常自由地跃出它们通常的语境：相互间的位置
58 原本是纵向关系的词语（比如古语“高于”当代词语，正式用语“高于”俗语），或者完全不相干的词语（比如“钉上去的”和心理学的“忧惧”），它们在一种略显超现实但又可以理解的叙事里，以一种横向的（转喻的）

方式相互亲近。

比如，在我将要引用的例子里，阿什伯利把两个故事杂合成一体：中世纪的神话里的一位古代骑士历经艰险到达一座塔楼的旅程；它的当代戏仿版：一部西部片里的主人公来到一个溪谷，发现自己置身于一个废弃的淘金热时期的采矿小镇（见1975年的《大加洛普舞》〔"Grand Galop"〕）。当然，这种探险是徒劳无益的，因为阿什伯利用它来象征每个人的生活经历。诗里的说话者如今已经醒悟到：从他的视角来回顾，这个故事既真实又反讽，荒诞而且饱含忧惧。阿什伯利的说话者用无人称的"某人"来重新讲述这个老套的原型式的故事，即便如此，他仍然暗中假定他的读者也经历过这个故事：

　　　　　　　　　　某人走近一座破败的
圆形石塔。它缩在溪谷深处，无门无窗，
只有钉上去的一堆旧执照牌，
下边是个长条孔，窄得伸不过手腕，
还有一个招牌："万·坎普的猪肉和豆子"。
打那儿起：忧惧浸染的天空，情感退缩。[1]

One approaches a worn, round stone tower
Crouching low in the hollow of a gully
With no door or window but a lot of old license plates
Tacked up over a slit too narrow for a wrist to pass through
And a sign:“Van Camp's Pork and Beans.”
From then on in: angst-colored skies, emotional withdrawals[.]

在句法和词汇上,阿什伯利把高雅和通俗并置在一起(“某人走近一座破败的,圆形石塔”和“打那儿起”)。

59 当我们跟随这首诗的词汇跳来跳去,从《罗兰公子》到约翰·韦恩[①],到中世纪插图上防御墙上很窄的长条孔,再到采矿者的溪谷,克尔凯郭尔和弗洛伊德,阿什伯利的情感生活史邀请我们成为这首诗的共同创造者。按照阿什伯利热情的设想,他所涉及的东西并不超出我们这些读者的了解范围——在这片二十世纪的感性的崖面上,我们中

---

① 《罗兰公子》(*Childe Roland*)是英国诗人罗伯特·勃朗宁的作品;约翰·韦恩(John Wayne)是著名的美国西部片演员。

任何有心读诗的人都可以找到入手和落脚点。在这样一种非正统的用词的气氛中旅行的道德后果是：我们在阅读时会下意识地发问，我们在何种程度上接受了这些文化中现成的，给人提供解释的神话？我们会暗中想象自己是踏上亚瑟王征程的骑士吗，或者，我们仅仅是那些把庄严的文化偶像降格为世俗的执照牌的美国佬，是满怀克尔凯郭尔的"忧惧"(angst)的生灵，还是弗洛伊德的"情感退缩"的侵害者或受害者？在诗人头脑的接待站里，任何可识别的语言或想象的碎片都受到欢迎，并占有一席之地。正像阿什伯利在《游艇上的日子》("Houseboat Days")里说的，"头脑如此友好，接纳一切/就像供养食客"(The mind is so hospitable, taking in everything/Like boarders, [《诗选集》,第231页])。

具有悖论性的是，在这种多样性的背后只有一个常量，那就是"变化"。节奏不断加速的经验中的变化是阿什伯利的两大道德主题之一(另一个是爱)。可是，要让我们接受甚至欢迎这种变化，把它视为变动不居的道德生活的基础，需要怎样引人入胜地(或者，至少是喜剧性地)再现它呢？用抒情诗这种属于亲密感的体裁，在其孤独的领域里唤起对我们变化的整个社会的感受，进而让我们这些读者与作者（作为私密的而且跟我们一起经历苦难的个体）建立亲密感，并对他的社会困境感同身受——这是如何做到的呢？阿什伯利用俗语的魅力克服了第一个困难，引导我们跟他一起，面对一个接一个的变化，“跟随着诗句生活下去”。解决第二个困难的是阿什伯利巨大的词汇规模，它展现了他在评论德加时所说的“巴尔扎克式的关于细节的知识”。[2]

60 如果读者要追随并理解阿什伯利的诗，他们和诗人之间环形的“共同创造”的关系是不可或缺的，因此阿什伯利会把抒情诗视为一种构想的对话，在这方面他甚至比惠特曼做得更多。当然，实际的对话不一定出现——当未来的读者遇到一首诗的时候，它的作者很可能早已过世——然而，正是这种跟看不见的倾听者之间构想出来的对话成就了阿什伯利的诗。阿什伯利很清楚地意识到，让某一名读者去多少关注某一首诗其实是很罕见的事情，他同样意识到这里隐含的悖论——如果没有读者的合作，诗人创造出的已被说出的对话就不会发生。你的“我性”(I-ness),我的“你性”(you-ness)——一个悖论性的矛盾修辞在诗人的对话构想中包蕴了相异的“你”和“我”的结合。1981年,阿什伯利的“悖论和矛盾修辞”进入了一首以此为题的十六行诗(类商籁体)(《诗选集》,第283页),这首以低调撩人的诗,连续用嬉闹、反讽和恳求的方式展现出阿什伯利亲密的抒情诗的伦理,其中的“它”(这首诗)为诗人“我”和读者“你”起到了中间人的作用:

悖论和矛盾修辞

这首诗在一个很简单的层次上跟语言相关。
看它对你说话。你朝窗外张望
或假装坐立不安。你拥有它但你不拥有它。
你错过它,它错过你。你们互相错过。①

Paradoxes and Oxymorons

This poem is concerned with language on a very

① 这句也可以理解为“你惦记它,它惦记你,你们互相惦记着。”

plain level.

Look at it talking to you. You look out a window
Or pretend to fidget. You have it but you don't have it.
You miss it, it misses you. You miss each other.

阿什伯利说的并不是“我们互相错过”。初看起来,读者在诗里遇到的并不是诗人:这首诗已经被构想为一个“它”,一个已经具有自身轮廓的对象。然而,这首诗也彰显了一个已经确立的具有人称的存在,即被听见的抒情声音:诗人说,“你们[两个]互相惦记着”,具有人称的“这首诗的存在”和没有读到它的读者,被比作
61 两个未能相见的人物。这首诗被构想为一个具有人称的存在,所以它也可以感到自己内心的情感。在这里,它感到的是一个被拒绝的求爱者的悲伤:

这首诗是悲伤的,因为它想属于你,而且做不到。

The poem is sad because it wants to be yours, and cannot be.

这首诗因为无法唤起读者的注意而感到失望，它提出了一个潜在读者（但他至今仍在逃避）可能会问的问题。诗里暗示——面对这首诗开头带有教训口吻的诗句，读者会多少感到一些恼怒，并质疑作者的概念性语言："什么是简单的层次？"作者的回答为这个说法辩护，同时坚持艺术品所具有的文学性和固有的游戏性：

> 什么是简单的层次？就是它和其他东西
> 让它们构成的体系进行游戏。游戏？
> 哦，确实如此，但我认为游戏
>
> 是一种更深而且外在的东西，一个梦想中的
> 角色模式，仿佛在这八月的长日里分享的福泽
> 无法验证。无尽开放。

> What's a plain level? It is that and other things,
> Bringing a system of them into play. Play?
> Well, actually, yes, but I consider play to be
>
> A deeper outside thing, a dreamed role-pattern,

As in the division of grace these long August days
Without proof. Open-ended.

“简单的层次”和一系列其他的东西(想法、希望、学问、修辞的装饰、隐喻)进入游戏,成为一种阿什伯利式的“系统”,“一个梦想中的角色模式”,一种想象的可能生活的全息投影,一个“无尽开放”的计划。就像阳光在八月的一天里播洒福泽,这首诗希望读者也能分享它的恩惠。“梦想中的角色模式”到底是不是一个读者可以进入的游戏,这完全由读者的看法决定。邀请已经发出,但它提供给读者的只是它自己的魅力,并不验证此外的任何价值。

作者承认,当诗人的梦境被压缩成实际的语言和机械的转写,它会失去很多,甚至全部:

在你觉察之前
它已迷失于打字机的腾腾热气和喋喋不休

And before you know it
It gets lost in the steam and chatter of typewriters.

今天的创造体验结束了,明天诗人必须重新开始。阿 62
什伯利问道,是什么让诗人一次又一次地开始?他自己的回答是,激发他的是潜意识,因此还有他想象出来的倾听者尚未满足的需求。诗人希望介绍给读者的方方面面关系到他自己和他的时代,如果没有诗人的介入,读者也许会错过它们。诗人对他那位必不可少但又轻浮的潜在读者说:

我认为,你存在就是为了
逗引我来做这事儿,在你的层次上,然后呢你就不见了
或者,已经换了一个不同的态度。

I think you exist only
To tease me into doing it, on your level, and then you aren't there
Or have adopted a different attitude.

如果读者已经采取了反对或回避的态度,这意味着他

已经被劝说进入了一个不同的“角色模式”,梦想出这种模式的人物要比这位诗人更强大:更强有力的作者、专制的家长、令人信服的政党,或传达福音的教会。阿什伯利的人生态度从根本上说是喜剧性的,所以他避免了这种在一旁窥测到的,可能出现的不愉快结局:读者拒绝了诗人奉上的诗。相反,在他给我们的快乐结局里,一位以诗的形式现身的天使赠给读者一个人生伴侣。不可思议的是,这位伴侣不仅是诗人,他还是更新过的读者本人。读者把这首诗里梦想到的“角色模式”内化之后,读者也在道德上重建了一番。阿什伯利在诗的结尾处说:

而这首诗已经把我
轻柔地放在你身边。这首诗就是你。

And the poem
Has set me softly down beside you. The poem is you.

在《悖论和矛盾修辞》里,阿什伯利把诗人的社会角色多样化了：诗人是写完的诗遥远的作者，是在诗内部创造出来的一个亲密地言说的存在，是把这首诗带进读者想象的一位带翅膀却无影无形的信使，也是把诗里的角色模式化为己有的读者的孪生同胞。63

《凸镜中的自画像》是阿什伯利最著名的关于对话的诗，阿什伯利在诗中塑造的自我不但是写作者而且是“读者”，或者说观看者（因为他在这里面对的是一幅画）。我们知道，1959 年，在他的爱人，即诗人皮埃尔[·马托里]的陪同下，阿什伯利在维也纳艺术史博物馆里偶然见到了帕米贾尼诺精美的小圆画《凸镜中的自画像》（最近，彼得·史耶达尔称它为“马塞尔·杜尚之前艺术史上最具魔力的物件”）。[3] 站在这幅自画像前，年轻的阿什伯利感到的震惊跟《悖论和矛盾修辞》里的类似：这首诗就是你，这幅画就是他自己。阿什伯利无法忘记这种强烈的认同，并希望理解它，所以他开始阅读关于这幅画的历史的和美学的评论。十多年后，在 1972 年的这首五百五十二行的诗里，阿什伯利重构了 1959 年的最初体验。在原先的体验里，恋爱关系、自我辨识和美学鉴赏已交织在一起，阿什伯利又整合进了他后来获得的关于这幅画的信息。[4] 阿什伯利以帕米贾尼诺的画和他自己（画的观看者）作为模特，来画一幅他的自画像，一位跟死去的艺术家和当代或未来的读者进行亲密对话的二十世纪诗人。跨越历史的应和的波浪把当前的观看者和此前所有被这幅作品打动的人联系起来：从克莱门特主教到艺术评论家西德尼·弗里德博格①这些人甚至包括在 1527 年洗劫罗马期间闯入帕米贾尼诺画室的日耳曼人，他们“震惊于他的镇定”，并让他逃走。在诗中，阿什伯利挥洒出一道对帕米贾尼诺的时代进行社会性想象的光线，进而放射出的另一道光线则照亮了从那个时代到现在的艺术批评语言（从瓦萨里②到弗里德博格）。在这首纤柔
64 迷人的诗里，阿什伯利表现的是一位热情的观画者（或一首诗的读者）可能会产生的情感——从客观超然到

① 教皇克莱门特七世（Pope Clement VII, 1478 - 1534），帕米贾尼诺的赞助人；西德尼·弗里德博格（Sydney Freedberg, 1914 - 1997），美国艺术史家，哈佛大学教授，以研究文艺复兴时期艺术闻名。

② 乔吉奥·瓦萨里（Giorgio Vasari, 1511 - 1574），意大利画家和传记作者。

觉醒的同情，从学术兴趣到审美投入，从自我指涉的沉思到对死去多年的画家直接诚挚的致词，直到最后他必须放弃自己内心深处的眷恋。

诗人在这幅画里深入地辨认出了他本人，以至于十多年后再看仍为之着魔，并且一定要用语言的媒介重构它，用帕米贾尼诺独有的方式来创造他的自画像——这到底是出于什么原因？在阿什伯利看来，画家作出了一个趣味无穷又充满肯定的选择，即用这幅画表现一种对“现实”的显著而且目标明确的变形，这种变形是因为帕米贾尼诺令人吃惊地拒绝使用寻常的平面镜，并选择了一面凸镜。在这幅画里，画家年轻俊美的面庞丝毫没有受到影响，因为它是从镜子的中心照出的；背景里的窗户因为它的曲率而显得足够正常，并不会引起观看者的不安。通过显著放大而变形的是画家的右手，他用来创作的手，它在画的前方伸向观看者，然后绕弯转走。下面这段诗展现的是阿什伯利对这幅画原初印象的再创造，它不经意地开始，仿佛是在跟读者谈话，而且已经把画面中的运动和意图归因于被描绘出的画家之手：

如帕米贾尼诺所示,那只右手
大过头颅,突然戳向观看者
并轻易地转走,仿佛在回护
它宣扬的东西。几格铅条窗,旧房梁,
毛皮,皱纱,一枚珊瑚戒指,一起运行在
一个动态中,支撑起这张脸,它就像那只手
游来又游走,区别在于它的宁静。它正是
被幽藏的东西。

As Parmigianino did it, the right hand
Bigger than the head, thrust at the viewer
And swerving easily away, as though to protect
What it advertises. A few leaded panes, old beams,
Fur, pleated muslin, a coral ring run together
In a movement supporting the face, which swims
Toward and away like the hand
Except that it is in repose. It is what is
Sequestered.

在这首诗余下的部分里,阿什伯利时而把画像中的面孔（及其灵魂）看作幽藏在人工制品中的东西，时而把它当作一个可以交谈的人——一个服从自身的建构法则的局部，一个对它的观看者说话的存在。参阅阿什伯利对索尔·斯坦伯格[①]的画《空房间》（"Gabinetto del Proprio Niente"）的诠释，可以帮助我们更好地理解诗人关于任何个人的灵魂都不可避免地处于幽隐状态的观念。这幅画表现的是一位炼金术士的房间，里面机智地展现了有揭示性的个人物品，但却没有出现人的踪影。在《观看报道》（*Reported Sightings*）一书里，阿什伯利对这个无人的房间（关于意识的完美象征）评论道：

> 最后这个例子来自斯坦伯格最动人的作品之一，它也许是他奇特的，恰如其分地令人感到不适的世界的缩影。生活是个只有家具的空房间，没有人可以进入因为它已经在我们内部。家具既是

---

① 索尔·斯坦伯格（Saul Steinberg, 1914 - 1999），美国现代插图画家。

实用的又有装饰性，但它们没有一件会被使用，因为没人会走下那些标着一周日期的台阶，或者走进那扇打开的门。透过那扇门，我们可以瞥见一棵树的枝干上题着字，啊，它们太远了，我们无法阅读。然而，它完全拥有作为象征的功能，这也是我们唯一需要关注的功能，因为它通过讲述这个故事而包含了一切。讲故事的行为本身至关重要；要说的事情总会被说出，而说的方式是事情唯一可能的结合物。

《索尔·斯坦伯格》(1970)

[《观看报道》，第 284 页]

斯坦伯格的画象征的是无法进入但又敞开的意识，一
个人在其中可以瞥见自然，但它不是浪漫派诗人从中
66 读到真理的那个自然；斯坦伯格画的树上有字迹，可
是，它们就像他画的我们移民祖先的护照一样无法辨
识。不过，这个炼金术士的房间通过它的家具和结构，
在象征的意义上给了我们足够的内容去猜想这位术士
的世界。

我们可以用同样的方式理解帕米贾尼诺的画像，还有那只伸到前方既问候又防护的手。当代的艺术家走到过去的杰作面前寻求亲密的即时指导，交谈与感应。阿什伯利并不把“传统”看作传承下来的东西；他眼里的传统是一个急切渴望着来到现在的资源。然而，现在的艺术家必须拒绝诱惑，不能滑入迟钝的对它难以抗拒的吸引力的模仿，以免丧失自身的独特性。在诗的结尾，诗人亲密地称呼着弗朗切斯科·帕米贾尼诺的名，而不是姓，他先只是请他撤回那只深深打动过诗人的手，可是他又领会到，如果他不想失去自我，就必须谋杀唤醒他的东西：

所以我恳请你，收回那只手，
别再用它给出掩护，或问候，
一个问候的掩护，弗朗切斯科：
室内有放一颗子弹的空间：
我们从用望远镜倒过来的一端
看过去，当你以超过了光的速度后退
最终在室内的摆设之间展平。

Therefore I beseech you, withdraw that hand,
Offer it no longer as shield or greeting,
The shield of a greeting, Francesco:
There is room for one bullet in the chamber:
Our looking through the wrong end
Of the telescope as you fall back at a speed
Faster than that of light to flatten ultimately
Among the features of the room.

当“那仍被勾勒在风中的图形”(the diagram still sketched on the wind) 开始消逝,当共享的美学目标与道德同情的幻觉的余光褪去,这首诗以一种济慈式的转折结束于芬芳的清凉,它最终在一个普鲁斯特式的记忆瞬间里获得了重现:

这只手没有拿粉笔
整体中的局部无不崩落
67 无法知道它曾经知道,除了
在各个地方,在回忆冰冷的口袋里
向时间之外低语。

The hand holds no chalk
And each part of the whole falls off
And cannot know it knew, except
Here and there, in cold pockets
Of remembrance, whispers out of time.

通过记录他 1959 年至 1972 年对自己的感性强有力的修正,阿什伯利绘出自己的自画像,而它的变形不仅是来自在几页之内对这十三年和大量阅读的压缩,而且是因为他排除了这些年自己生活的其他方面。帕米贾尼诺的画肯定了年轻诗人对美学变形的必要性和美的信念;它也造就了那令人安慰的,让死去的艺术家和活着的观看者进行直接交流的幻觉,以至于这位美国的凝视者认为这位画家不是艺术史上的“帕米贾尼诺”,而是一个精神同道,“弗朗切斯科”——通过在自画像里对自己的身体作出关键性的呈现,他放弃了摹仿的写实,这是为了坦白地承认每一种带来活力的美学都有自己变形的光学。作为一位创造者同行,阿什伯利敬仰那只变形的手拥有的变形力量,因为它通过绘画的媒介,转写出眼睛从特意选择的,被光线赋予力量的凸镜里获得的东西。

像阿什伯利宣称的那样，如果每种艺术的表现都以自己的形式法则、历史境遇、独特的心理学来偏离复写式的现实主义，那么，面对一个象征性的物件创造出来的明显的跟过去的亲密感，我们是无法从中推导出直接针对“生活-行动”的伦理律令的。我们也许认为自己认得出帕米贾尼诺的脸，但是，在跟不合比例的变形的手之间的关系中，这张脸本身就很成问题。凸镜，放大而且弯曲不定的手，提出了让阿什伯利感兴趣的认识论问题，但他更感兴趣的是关于一件艺术品提供的友爱关系的伦理问题。如果像他确信的那样，实际
68 上没有人可以进入他的炼金术的房间，那么，当我们遇到并回应一件过去的美妙动人的艺术品的时候，我们感到的安慰、友爱之情、解脱感都是什么？换句话说，这等于询问抒情传统对我们的道德生活究竟有何贡献。

通过选择自画像作为他的工具，阿什伯利多少是在捍卫自己的体裁，即亲密的抒情诗。阿什伯利没有选取那些种被社会与政治的意义网络加固过的艺术品——一幅历史题材的画，或宗教壁画。一幅自画像不会用某些

类作品的方式去“表达意义”，比如像《美杜莎之筏》或表现圣杰罗姆的作品①，而帕米贾尼诺的作品也没有像梵高包着耳朵的自画像那样，提供一个可以确认的，用自传性的事件提供例证的道德问题。凸镜照出的年轻人没有展示任何可以确定他身份或职业的特征（比如，僧侣的服装、学究的书本或商贩的秤盘）。除了询问的注视，以及凸镜的变形对绘画的手的征服，他没有给我们任何别的东西。在片刻间，在奇特的不同自我之间的交互中，阿什伯利变成了自画像里“身处球面的”文艺复兴时代的年轻人，并渴望在能铸就永恒的艺术品内部，通过“人类的”反叛寻找一个逃身的出口。这是徒劳的，因为有环状的形式法则，它禁止从艺术的房间里逃走，去真的跟他人身体亲近：

一个人会想把他的手
伸出这个球体，但承载它的

① 《美杜莎之筏》是法国十九世纪画家热里科（Théodore Géricault，1791—1824）的作品；圣杰罗姆（Saint Jerome，347－420），早期的《圣经》学家和拉丁文《圣经》的译者，其形象常见于西方绘画。

它自身的维度,不会允许。
无疑,是这一点,而不是
想隐藏什么的反射行为,造成了
大手一挥,同时稍稍回撤。没有什么办法
能把它建造得平如一段墙壁:
69 它必须投身圆环里的一截,
游荡着回到那个躯体,虽然
完全不像其中的一部分,拦起并支撑
那张脸,在它上面,这情景中的努力
读起来仿佛一个微笑的精微之处,
黑暗重临的时候,一个人难以确认是否见过的
一点火花或一颗星。

One would like to stick one's hand
Out of the globe, but its dimension,
What carries it, will not allow it.
No doubt it is this, not the reflex
To hide something, which makes the hand loom large
As it retreats slightly. There is no way
To build it flat like a section of wall:

弗朗切斯科·马佐拉（帕米贾尼诺），《凸镜中的自画像》，约 1523/24 年。木球体部分。藏于维也纳艺术史博物馆。

It must join the segment of a circle,
Roving back to the body of which it seems
So unlikely a part, to fence in and shore up the face
On which the effort of this condition reads
Like a pinpoint of a smile, a spark
Or star one is not sure of having seen
As darkness resumes.

艺术必须遵守实现美学目标的法则——“它必须投身圆环的一截……栏起并支撑那张脸”——所以它能提供的只有：

　　对精妙有强制要求的
一道偏离之光，提前注定了
它用来照亮的奇特手法：不重要，但是有意为之。

　　a perverse light whose
Imperative of subtlety dooms in advance its
Conceit to light up: unimportant but meant.

显然，在任何媒介中进行创造的艺术家的目标，都是制造启迪之光，而他的道德或思想内涵却必然在实际操作中出现某种程度的偏离，因为艺术的法则（而不是艺术家）才是演进中的作品最终的主人。这样的艺术没有“内部”：它是纯粹的表面，但这个表面，是它用来生发出作品在道德上和形式上意图的“可见的核心”：

正如对表面没有话可讲，也就是说，
没有语言来说清楚，它到底是什么，它并不是
流于表面，而是一个可见的核心——同样，
也没有办法摆脱这个问题：情怀与经验之间的对立。

And just as there are no words for the surface, that is,
No words to say what it really is, that it is not
Superficial but a visible core, then there is
No way out of the problem of pathos vs. experience.

艺术品的情怀（一种美学品质）与产生它和由它产生的经

验(一种道德品质)之间存在不可突破的鸿沟,这意味着没有一条途径可以从艺术品笔直地通向“生活-行动”。美学感受和道德同情这两者本身并不重合,尽管它们可能会在回应艺术品的头脑中获得暂时的一致。

那么,在阿什伯利看来,通过道德体验,我们可以在 70
一位艺术家的自画像里得到什么?首先,我们被赋予能力去体会一种尘世生命无法获得的稳定感(“整体在不稳定中/ 稳定着,一个球体,跟我们的那个类似,搁在/一个空的基座上”〔The whole is stable within / Instability, a globe like ours, resting / On a pedestal of vacuum〕)。画出的微观世界跟我们的星球类似,然而,它没有占据正在塌陷或扩张的真实空间,也不拥有飞逝的真实时间,因此它能传达无忧无虑的亲密带来的宁静,尽管这只能在空的球体的虚拟现实里做到。阿什伯利征引了菲利普·锡德尼爵士(Sir Philip Sidney)的名言(“诗人决不说谎,因为他不肯定任何事情”),并直接对画中表现的弗朗切斯科说话:

你会继续驻留,用一个躁动不安

又泰然自若的姿态，那既不是拥抱，也不是警告
而是在它纯粹的，不肯定任何事情的
肯定之中做到了两者兼有。

You will stay on, restive, serene in
Your gesture which is neither embrace nor warning
But which holds something of both in pure
Affirmation that doesn't affirm anything.

当我们理解到，这个年轻人神秘的姿势既有几分要拥抱的感觉，又有几分示警的意思，我们已经接近于挑明那位探求者得到的东西（即年轻时代的阿什伯利在维也纳的收获），要得到它就需要在一件在形式上被理解了的艺术品里，跟过去的艺术家交换自我。他会感到被拥抱，也会感到被警告。拥抱代表直接的着迷，它如此强烈，以至于它本身就像是穿越时间的一种交流；然而这件作品明确的形式法则，它的难以攻破，同时发出了警告：我们所知的生活在这种交流中被变形了。当观察者感到“被警告了”，他就会恼火：艺术的“球体-

房间”曾看上去那么敞开，现在却推三阻四让人无法进入，把它的运算法则安全地锁在里面：

实际上
这个“气泡-房间”的外皮
硬得像爬行动物的蛋；一切都在这里 71
按部就班地“被编程了”：容纳的越来越多
总数却没有增加。

Actually
The skin of the bubble-chamber's as tough as
Reptile eggs; everything gets "programmed" there
In due course: more keeps getting included
Without adding to the sum.

写外皮坚硬的爬行动物的蛋，用的是令人不安的语言，能进行量子测量的“气泡-房间”是冷峭的意象，无关个人的计算机编程的功能，不可思议的关于无限的数学悖论，在这里都被引发出来。用来表达它们的是前后紧接短小的分句，一种适合在幻灭后打机锋的简劲句法——“实际上”，这就是事情的实际真相。正如《大加洛普舞》和阿什伯利所有的诗里，这段诗要求我们评测我们自己的时代，这个时代在我们的头脑里产生了不计其数的，来自科学和数学的经验形象。我们会感到自己在唯我主义中让别人无法理解吗？我们会觉得自己就像“气泡-房间”里的分子一样无序地碰撞吗？我们会觉得被动荡不安的命运“编程”了吗？我们觉得已经被生活中的“总数”所压倒，在精疲力竭的同时，难道我们不是同时感到更多的数据条目无限地涌入我们？阿什伯利腾挪跳跃得如此迅速，所以在阅读他的意象的时候，各种道德的、语源学的、视觉上的问题出现在我们的头脑中。认识到这些意象，以及无数更多的意象已经在我们内部（因为当我们在诗人的自画像里跟它们相遇的时候认出了它们），就是接受一幅修正过的关于我们自身和我们的语境的自画像，这幅自画像反映出的外在的社会环境的风景，要比我们通常引进我们思想和文字的那个版本远为多样。

在美学中亲密相拥的魅惑力能够扩展我们对一个遥远的感受力的理解，所以我们会用亲密的名字“弗朗切斯科”来称呼这位艺术家，但同时，对被吞噬的结局的警告带来的排斥又是如此惊人，以至于我们必须在这个房间里用一颗子弹处决这位过去的艺术家，或者我们自己。杀掉“弗朗切斯科”，让他后退到死去的过去之中，也就是除掉一位强大到可以毁灭我们自身原 72
创性的大师；如果我们被“弗朗切斯科”引诱，纯粹是模仿他，这就等于杀掉作为艺术家的我们自己。

这种奇特的对话中的道德经验是复杂的。面对过去的艺术中奇迹般的鲜活源泉，我们是心怀感激的发现者；当我们接受了这位才华横溢的画家伸手给与的“问候”，我们可以像熟人一样与他交谈；但我们必然是我们的现代自我潜在的、谨慎的创造者（我们被同一只手的遮挡警告了，要远离奴性的模仿）；而且，我们只能是不完美的观察者，总会因为屈从于注意力的丧失而退出一件艺术品（或任何一种生活与事业）：“气球爆裂，注意力/呆滞地离开。”（The balloon pops, the attention / Turns dully away.）阿什伯利的诗提醒我们，我们不但是过去的艺术的后代，也是过去的智性的苗裔，这是从引用的学术评论里透露出声音：

西德尼·弗里德伯格在他写的
《帕米贾尼诺》里评论如下:“这幅肖像中的
现实主义制造的不再一个客观真实,而是一种
怪异……
然而它的变形并没有产生
不和谐感!”

Sydney Freedberg in his
Parmigianino says of it: “Realism in this portrait
No longer produces an objective truth, but a
bizarria...
However its distortion does not create
A feeling of disharmony!”

这样的段落让我们关注心智的层面,提醒我们阿什伯利的诗本身是第三层次上的话语,它依赖更早的第二层次的艺术史话语,比如瓦萨里和弗里德伯格的评论,它们本身则依赖早先的第一层次的围绕“客观真实”“不和谐”“变形”和“怪异”这些术语进行的哲学讨论。当我们的一部分漂流不定的意识再次被提醒关注——

阿什伯利不断地驱动视觉的、思想的、历史的、艳情的、科学的、文学的元素发挥作用——我们扩展自身的接受能力来顺应文本多重的、分裂的词汇层面，它们本身 73
就反映了历史和社会迥异的各种秩序。

阿什伯利对弗朗切斯科说：“在这些事情上，我的向导，是你的自我/坚定，惯用偏锋，带着同一个微笑之幽魂/接受一切。”（My guide in these matters/is your self, /Firm, oblique, accepting everything with the same/Wraith of a smile[.]）当我们模仿帕米贾尼诺/阿什伯利去接受“一切”，我们唤起的是改变我们的情感和道德力量的各种库存。阿什伯利在总结艺术产生的效果的时候，把它跟霍夫曼①的故事相提并论。他说，帕米贾尼诺这幅画的新奇之处在于，它凭借技巧和原创性跟我们达到的亲密程度甚至超过了“双身”，它从我们内部把自己及其的语境替换成我们平常的对自我、时间和空间的意识：

---

① 霍夫曼（E. A. T. Hoffmann，1776 – 1822），德国浪漫派作家、音乐家、画家，擅写类似“双身”（doppergänger）的灵异故事。

新奇之处在于：极端的轻怜细爱
点化出浑圆的、反射的表面上微微的念想
（这是第一幅镜中肖像），
因此，也许你会被蒙骗一小儿会儿
直到你明白过来，这个影像
并不是你的。然后你觉得自己
像霍夫曼笔下的人物们，被剥夺了
镜中的影像，唯一的不同在于，整个的我
看起来都被画家在他的另一个房间里
用他严格的“他性”替代。
我们惊到了工作中的他，
不不，是他工作的时候
惊到了我们。

What is novel is the extreme care in rendering
The velleities of the rounded reflecting surface
(It is the first mirror portrait),
So that you could be fooled for a moment
Before you realize the reflection
Isn't yours. You feel then like one of those

Hoffmann characters who have been deprived
Of a reflection, except that the whole of me
Is seen to be supplanted by the strict
Otherness of the painter in his
Other room. We have surprised him
At work, but no, he has surprised us
As he works.

阿什伯利展示给读者他从帕米贾尼诺那里折射出来的自画像，这时他希望“也许你会被蒙骗一小儿会儿/直到你明白过来，这个影像/并不是你的”。他写帕米贾尼诺的时候被你惊到了——但实际相反，是他面对自己的诗的时候惊到了你。你已经被带出你的时间，沉浸到了阿什伯利的时间里——醒来时只能是

当某人向外看， 74
愕然发现一场降雪，它刚好
正在飞花流霰中结束。
它开始的时候，你正在里面，睡着了

as when one looks out,
Startled by a snowfall which even now is
Ending in specks and sparkles of snow.
It happened while you were inside, asleep[.]

这个济慈式的面对世界的觉醒让我们注意到，当我们停留在美学的亲密感之中，被阿什伯利诱人的声音的魅力催眠的时候，生活已继续向前。当新的寒意弥散进空气，阿什伯利不再跟消失中的弗朗切斯科耳鬓厮磨，而是进入跟现在的读者之间的亲密交谈。肖像给予的拥抱不可能持久。“这是它消极的一面”(This is its negative side)，阿什伯利这样评论镜中肖像美妙效果的解体。“它积极的一面在于/让你注意到生活和压力/不过是看上去消失了。”(Its positive side is/Making you notice life and the stresses/That only seemed to go away[.])正如帕米贾尼诺要面对洗劫罗马的日耳曼士兵对他的画室的入侵，“我们现在需要的是这位/捶打着惊奇中的城堡之门的/不太可能出现的挑战者”(What we need now is this unlikely/Challenger pounding on the gates of an amazed/Castle)，他会让感性在震惊中进入对它所处的当代的重估，同时获得更新过的感知层面的原创性。

阿什伯利这首诗强调所有自命的立场都是不稳定的，不论是道德的立场，还是认识论的立场，因为它们都是“以不容喘息的速度，离群飞走的/思绪”(thoughts/That peel off and fly away at breathless speeds)。然而，它也传达了他的第二个长期坚持的主题：爱的力量，它存在于我们拥有的柏拉图的遗产之中，以寓言的方式代表了永恒的稳定性。诗人第一次见到这幅画像的时候，他跟爱人皮埃尔在一起，他们的爱正在上升期，现在尽管阿什伯利继续相信爱的存在，相信它的价值：把我们感知到的东西强化加深——但它已经变得晦暗不清：

爱，曾经
让天平倾斜，如今已沉入阴影，看不到了，
尽管仍神秘地在场，在某处逡巡。

Love once
Tipped the scales but now is shadowed, invisible,
Though mysteriously present, around somewhere.

75 当“变化”向死亡滑去,在阿什伯利沉思中的两个共存的原则之间,它已是更显而易见的一个;然而,过去的爱(在 1959 年)和随时会发生的爱可以让人的注意力集中在生活上,它的力量只有对死亡的忧惧可以相比。被爱驱动的精密推敲把它的对象变成整个世界的一个范式,当这个对象呈现在艺术家精益求精的、不断吸纳的匠心之中:

一个人看到的
样本,别以为它仅此而已
它可以是一切,因为它能
被想象成游离于时间之外——不是一个姿势
而是万有,在那精致的,可供吸收的状态里。

The sample

One sees is not to be taken as
Merely that, but as everything as it
May be imagined outside time—not as a gesture
But as all, in the refined, assimilable state.

因为这件艺术品涤除了外在于它的一切——它包容一切,同时因为即使是环绕在它周围的异质性(也许尤其是这种异质性,也已经获得了内部的语言和象征的形式)——艺术家的视角也变得可以供别人吸收。然而,我们无法从艺术品给与我们的感受中推出任何明确的道德行为的原则(不论这些感受是多么亲切),因为它们来自艺术家在独特的、象征的艺术层面上对生活进行的投射。如果说,我们的道德感性中几乎难以觉察的变化是随着时间的流逝发生的,那么我们在很长时间之后才能理解它们,正如直到1972年阿什伯利才能把他播撒在心中的反思和决断另作一番书写。对阿什伯利来说,艺术品对美学法则和亲密感的幻觉的融会,以及它从象征性的局部达到认识中全体的整合,意味深长地认可了内在的自我和外在的可能性——尽管我们无法避免地被惊醒，离开它去面对一个变化过的时刻崭新的需要。

如果一个读者相信史蒂文斯的观念：艺术品帮助
76 我们生活，那么面对阿什伯利这首抒情诗的结果是什么？一位诗人在每次尝试中最想要的是创造一个独特，不可替代的东西，所以他不会希望自己所有的作品汇集起来变成自己的伦理观的传声筒。正是因为每件艺术品中的驱动力能够让艺术家原初的道德紧迫感“变形”，所以对作品进行道德释义才变得很困难。阿什伯利在评论 R. B. 基塔伊[①]时说，视觉艺术家“不断精心研究所有主要的衡量方式——诗歌、绘画、政治、性、他观察到的人们的态度以及情境中自带的灵韵——用来破译世界的密码”。[《R. B. 基塔伊》，见《观看报道》，第 308 页] 诗人的观察力之敏锐不亚于视觉艺术家或小说家，但对诗人来说，社会秩序必须用词语来传达，而不是通过绘画的形象、戏剧的场景、人物间的互动，对他而言诗歌是一个对很难征服

① 基塔伊(R. B. Kitaj, 1932 - 2007)，当代美国波普艺术家。

的关于当代的符号体系进行解码的场所。跟强有力的形式法则相遇的时候，诗人头脑中积累的东西被规范化，从不可辨识的形态进入一种看上去“对路”的形态。正如史蒂文斯所说，这种行为的道德存在于对既定的，仅仅是“安慰/或认可”的形式的拒绝之中。用来“安慰”或“认可”的形式是对伤感怀旧的让步。帕米贾尼诺——还有他之后的阿什伯利——拒绝照搬式的摹仿所暗示的这种提供安慰或认可的让步，但同时允许可以辨识的构形和情感上的亲密在他的艺术中发挥主导作用。

阿什伯利曾这样赞誉夏尔丹①，当艺术家“帮助精神迈出新的一步”，就有可能出现一种“辉煌的进展”：

> 如果以朴实无华作为出发点，既不作出也不浪费任何努力去
>
> 上升到兴奋的，或华丽的层面，艺术天才的每一份贡献都被

① 夏尔丹(Jean-Baptiste Chardin,1699 -1779)，十八世纪法国画家。

77 用于变换手法，改变语言，并帮助精神迈出新的一步，

因此产生辉煌的进展。

《夏尔丹》[《观看报道》，第 47 页]

对诗人来说，要做到“朴实无华”，一定程度上在于在抒情诗里培养出一种诗人和读者互相信任的气候。阿什伯利站在中间，一边是他过去的先驱，他召来而又赶走的弗朗切斯科，一边是阅读他的抒情诗的虚构的读者。他对这两位看不见的倾听者说话的语调含有亲密的理解和同情。阿什伯利的看不见的倾听者——幻想中的“弗朗切斯科”和现实中的我们——激活了这首诗，让它从私人的对艺术品的沉思，进入跟能发出回应的他者的交谈，又从抒情的孤独幽居进入一种想象，这想象让我们跟一位跟我们相像得超出预想的人物配成一对儿。诗歌构建起看不见的倾听者，他们是心领神会的人，他们能够完成一件艺术品生发的思想和语言的表现之环，并投入一个关于理想的交互性的、想象中的伦理构型。

同时，在《凸镜中的自画像》里，倾听者们——弗朗

切斯科和读者——被内置于一套阿什伯利式的语汇指涉的密码，一旦它被解码出来，就会在它每一个隐喻性的措辞里（从爬行动物的蛋到“编程”）揭示出阿什伯利在其中写作的二十世纪晚期的社会秩序。对阿什伯利而言，他青年时代曾经经历的社会秩序里的两难处境之一表现在，他的画家朋友们进行的关于具象的写实主义和抽象表现主义之间的争论（相对应的是诗歌中关于摹仿和超现实的争论）。帕米贾尼诺那幅动人的，令人着魔的，变形的自画像，向迟疑中的青年阿什伯利展现了更加让人欣悦的第三种观念的可能性：艺术是这样一种行为，在保留可供辨识的形象的同时，在每一 78
个虚构性的创造中，都公开承认并示范如何从照搬式的摹仿之中偏离出来。在这首诗中，阿什伯利唤起了过去的兄弟艺术家和当前的我们，让我们能够在诗人捉摸不定的、催眠般的纸面上看到这第三种观念活生生的形态。

注释

［1］John Ashbery, *Selected Poems* (New York: Viking,

1985), 178.

[2] John Ashbery, *Reported Sightings* (New York: Knopf, 1989), 288.

[3] "Out of Time," *New Yorker* (March 8,2004),84.

[4] 另参见阿什伯利关于帕米贾尼诺的简论,*Reported Sightings*,31-33。

结语　亲悉化未见者

抒情诗人对看不见的倾听者的想象——一位圣 79
人，一位未来的伙伴，一位过去的艺术家——显示了生活中有些情境下，可见的（缺席的）对话者（一个朋友，一个爱人，一个同行诗人）不足以满足诗人的需求。我们看到了三种这样的困境。对赫伯特，没有人可以体现耶稣（或爱）所代表的自我理想；对惠特曼，没有真实的十九世纪的爱人可能理解一个建立在同性之爱的自由上的乌托邦未来；对阿什伯利，没有同代艺术家像帕米贾尼诺那样有力地展现了艺术作品同时成形和曲变的必要。看不见的倾听者持续吸引着当代的诗人。路易斯·格丽克的《野鸢尾》想象了同上帝的多次谈话；惠特曼式的连通诗人与听众距离的直接呼语重现在乔瑞·格拉汉姆时常恳求"朋友"读她的诗中；路西·布罗克-布罗伊多的《大师书信》——取自狄金森给一位她称为“大师”的男子的神秘而未送出的信件——也与一位或多位看不见的人交谈并描绘他们。吸引诗人的正是这一假想的层面，其间此般相遇得以发生：在那里，个人比在实际的层面更加自由，更自由地想象，实验，思索。当然，所有诗歌都发生在一个假象的层面，但并非所有这样的诗歌都包含或基于交谈。正因为二人关系可以最为基础地处理伦理主题，假想交谈的抒情诗是一个理想的伦理问题的上演平台。虽然在谢默
80 斯·希尼的作品中，许多此般的对话都说与诗人认识的死者，诗人也创作与去世已久的和生活中不认识的作家的谈话——卡瓦纳，乔伊斯。像阿什伯利与帕米贾尼诺那样，他在他们的声音和榜样中确证着自己的努力。

在这些散发向一位看不见的倾听者的诗里，我们发现了一种抒情诗的乌托邦，其中人际关系的可能模式得以产生，审阅，修改，巩固。这种体裁可以容纳志向、忏悔、嫉妒、憎恨、快乐和所有其他伴随人际关系的

情感。这一体裁有别于独自沉思的抒情诗（此类也可能有一个乌托邦动机），在于它在喷涌向一位看不见的他者时所带来的强度，他者成为愧疚、爱、希望、信任等急切问题可能被探索甚至解决的场所。虽然与一位看不见的倾听者的“纵向”关系（如激励着许多祷文和颂歌的）在抒情诗里有着悠久的历史，我在这些章节里所写的诗人构想着“平向”关系，乃至是与神的“平向”，坚持与不可见者的谈话是一个人与另一个人的完全人性的言谈。这些诗人是对不可见者的亲悉化师（domesticators），找到一种语言——在言词，行动，可见性上——来赋予未见者以实体性。我们开始认识赫伯特的耶稣，惠特曼的未来读者，阿什伯利的弗朗切斯科，以他们在成为诗人声音的看不见的倾听者之前从未被知晓的方式。

索 引